U0030766

無盡之境
Misa——著
Fori——繪
II
追尋

楔子

他翩然出現在我眼前，於月光之下，那銀色頭髮隱隱閃爍著細碎微光，湛藍的雙眼美得彷彿不是人間該存有的。

和我記憶之中不同的是，他的眼神冷若冰霜，看著我的樣子彷彿將我當成一個麻煩人物。

然而我忘不了他當時注視著奶奶時，眼中所蘊藏的愛戀。多麼深沉、多麼悲痛，又多麼動人。

「奧里林，我要跟著你走。」

我和奶奶不一樣的是，我絕對不會離開你，無論你如何傷害我。

第一章

我想知道，他究竟是懷著怎樣的心情，推開他所深愛的女人？

「千蒔，妳最近怎麼了嗎？」梁又秦問。她的唇色紅豔，舉手投足都散發著女人味。

「我沒怎麼樣啊。」我將講師寫在黑板上的授課內容抄下。

梁又秦看了看講臺，又看了看我，接著伸手抽走我的課本，「這堂是外系的選修課，妳卻拿我們自己科系的課本，真虧妳還有辦法抄筆記。」

我嘖了一聲，翻找自己的背包，卻找不到正確的課本。

「我忘了帶。」

「而且今天也沒有我們系的課。千蒔，如果妳有什麼想聊聊的，可以跟我說啊。」她擔憂地說。

下課鐘聲適時響起，我抽回她手中的課本塞入背包，「沒事啦。」

「千蒔，我也經歷過親人離去的悲傷，我不想說時間會沖淡一切這樣的話，不過如果妳……」

「我沒事，真的。」我定定望著她。

「好吧。」梁又秦嘆了一口氣。

「那我先回家了。」

「好，我們改天去哪裡走走吧。」梁又秦也背起包包，「現在夜店應該不太適合妳。」

「大概吧。」我扯了下嘴角，和她道別後，立刻往教室外走。

奶奶過世的事，雖然在家族中引起不小的波瀾，不過事實上，和我同輩的幾個堂表弟妹都毫不在意。

原因很簡單，就是他們和奶奶一點也不親近。

我爸爸十八歲時，便被奶奶「請」出了家門。他曾在某次喝醉之後，痛苦地對媽媽說：「她就像是在盡義務一樣，只是把我們這幾個孩子養大而已。」

至於我們這些孫子見到奶奶的機會更是少之又少，在我的記憶裡，奶奶是個不討喜的老人，不苟言笑，老是板著一張臉。

所以當奶奶入院時，我還覺得要和爸媽輪班照顧她是件非常麻煩的事。

然而，一切都在那段期間發生了巨大改變。

奶奶對我說了她年輕時的遭遇，明明聽起來全是無稽之談，可是我卻越聽越著迷，更甚至……開始相信。

她所說的，是她與一名吸血鬼男子的愛情故事，對方叫做奧里林，而她稱吸血鬼為「長生」。

奶奶的故事叫人難以置信，但後來我親眼見到了千方百計想威脅奧里林的尤里西斯、不知道是敵是友的薩爾，以及一直以來待在奧里林身邊的小池，他們的存在，令我無法不心生動搖。

最後，在奶奶臨終前，她惦念了一輩子的奧里林，終於出現在她的病床邊。

我的奶奶，那陌生的奶奶，露出了我見過的所有笑顏之中，最美麗的笑容，張開雙手擁抱了奧里林。

奧里林有著銀色的髮絲，湛藍的雙眼，神情雖平靜無波，眼中卻流露出濃烈的愛意。

於是奶奶就這樣被奧里林帶走，消失在夜空。

小池奉奧里林之命抹去了我的記憶，但遇見尤里西斯後，我想起了一切。

包含記憶被消除之前，小池在我耳邊說的那句話——「請妳，拯救奧里林先生。」

我的確很想再見到奧里林，想再見到那個讓奶奶愛得如此深刻的男人，不，應該說是長生。

不過我該怎麼找到他？

長生的活動範圍也許遍及全世界，可是知道長生存在的人類往往都無法活下來，我要用什麼方法得到線索？

我又爲什麼想尋找他？

我坐在公車最後一排的座位，看著車窗外來往的車流與人群。在我的內心深處，一直無法忘懷奧里林當時看著奶奶的眼神。

這份心情該如何名之？

我只是單純地想再見他一面，但小池希望我拯救奧里林這件事，也讓我十分在意。

在沒有盡頭的生命之中，奧里林愛過一個又一個人類女子，然而他所愛的女人都無法善終。我想探究他的內心，想知道他是如何在一旁靜靜看著奶奶走完一生，最終將她埋葬。

他究竟是懷著怎樣的心情，推開他所深愛的女人？

走在回家的路上，轉進巷子時，我想起曾經在這裡遭到尤里西斯跟蹤，他還直接闖入我的房間過。

對啊，尤里西斯！我怎麼沒想到……

「童千蒔！」忽然有人喊我，我嚇了一跳，思緒也被打斷。

轉過頭，只見一個身穿學院風服裝的雙馬尾女孩掛著淘氣的微笑，站在我身後不遠處，手指還捲著自己的髮尾。

「童曉淵，妳不知道人嚇人，嚇死人嗎？」我看著這個與我年齡最接近的堂妹。

「嘿嘿，我看妳走得很慢，好像心不在焉的樣子，怎麼了？」她小跑步來到我旁邊。

「在想事情。倒是妳，怎麼會來？」

「我爸媽也來了，他們叫我一下課就過來。有什麼大事嗎？」她轉轉眼珠子，接著拍了下手，「難道是找到奶奶的屍體了？」

「童曉淵。」我有些不悅地低喊。自從聽過奶奶的故事後，我對奶奶便產生了一種難以言喻的情感。

「不然還能有什麼事？千蒔，妳真的不知道奶奶怎麼了嗎？」她好奇地問，畢竟奶奶失蹤那晚，我正好是待在醫院陪伴的人。

目睹奶奶被奧里林帶走的我，後來被消除了記憶，即便如今已經想起來，我也不可能告訴其他人真相。

「我不記得了。」所以，我只是搖頭。

「老實說，我一點也不相信。」童曉淵微笑，「算了，反正這本來就只是件微不足道的小事。」

我停下腳步，看著童曉淵，「什麼叫做微不足道？雖然下落不明，但奶奶可是幾乎肯定過世了耶，葬禮都辦了。」

「我們對奶奶一點感情也沒有，她不過是個有血緣關係的陌生人，不是嗎？這句話可是妳說的。」童曉淵瞇起眼睛，「妳和奶奶之間果然發生過什麼吧？否則妳怎麼會突然間對奶奶的事情這麼在乎？」

「我、我和奶奶之間還能發生什麼。」我趕緊邁開腳步，一邊從背包裡拿出鑰匙，準備打開一樓大門。

「吸血鬼……」

童曉淵的聲音在背後清晰響起，正準備將鑰匙插入鎖孔的我不禁停頓，又很快壓抑住震驚，轉動了鑰匙，推開大門。

「什麼吸血鬼？」

「妳之前不是說，奶奶告訴妳吸血鬼的故事？」

「有嗎？」我佯裝疑惑。

「奶奶很會講故事嗎？」

「什麼意思？」

「不然我實在想不通，爲什麼妳會如此在意我怎麼說奶奶。」她跟著我來到電梯前，按下按鈕。

「我只是因爲一條生命消逝了，覺得很傷感而已。」我喃喃說。

「也是，就像看見路邊的流浪貓狗死掉，也會覺得難過吧。」童曉淵聳聳肩。

話題到此結束，我的內心依舊隱隱不安。雖然童曉淵沒有當眞，但有朝一日，這會不會成爲她被長生盯上的理由？

「關於那件事……」在電梯裡，我開口，「就是我跟妳說奶奶提到吸血鬼那件事，妳當沒聽過吧。」

「為什麼？」童曉淵偏了偏頭。

「因為我不想讓其他人知道，奶奶說過這麼荒唐的事。」我裝作困擾的樣子，「奶奶都已經不見了，就別再提她說的糊塗話了，免得讓我們的父母瞎操心。」

「嗯，這種事也沒什麼好說的。」

聽到童曉淵的回答，我暗暗鬆了一口氣。

只要她不說，就沒人會發現她曉得。

一進家門便見到眾多親戚聚集在客廳，大人們似乎在商量什麼。我與童曉淵和大家打聲招呼後，前往另一邊的小客廳，果不其然同輩的孩子們都在那裡。

「喲，上次全部的人這樣聚在一起，是奶奶住院的時候了。」高二的堂弟說。

「不對，應該是奶奶的葬禮吧。」國三的堂妹笑著糾正。

對於奶奶的離奇失蹤，他們一點悲傷的情緒都沒有，彷彿消失的是毫無瓜葛的路人。

「所以今天是為了什麼事情？」我問。

小六的表弟聳聳肩，繼續玩他的平板電腦，其他人也搖頭，沒人知道詳情。

「那不介意的話，我先回房間了。」待在這虛耗時間不是辦法，我決定回房整理一下思路。

我把背包丟在地板上，坐到書桌前拿出一張白紙，回想著奶奶所敍述的情節，並寫下關鍵字，試圖推測可能找到奧里林的地方。

但是有關他們曾經落腳的地點，奶奶都講得很含糊，即使有明確的地址，隔了這麼多年大概也不見得找得到了。

照理說，如果小池眞的希望我拯救奧里林，那他或許會留下線索給我，或是回來找我吧？

不過「拯救奧里林」究竟是什麼意思？

爲什麼要「拯救」？

「然後，請妳一定要找到奧里林先生，允心小姐做不到的事情，希望千蒔能做到。請妳，拯救奧里林先生。」

奶奶做不到的事情，是指陪伴在奧里林身邊嗎？

我搖搖頭，用筆將奧里林與小池的名字劃掉。小池是要我「找到」奧里林，所以他們應該不會主動來找我。

而薩爾對奧里林有莫名的執著，說不定他會來找我？可是會是什麼時候？

那時他在捷運站遇見我，居然把我誤認爲年輕時的奶奶。

時間過了這麼久，城市都改變了面貌，薩爾卻還能把我和奶奶當成同一人，可見他對時間的概念很薄弱。等他哪天想起「封允心有個和她長得一模一樣的孫女童千蒔」的時候，說不定都已經過了好幾十年。

所以，最後的機會只剩下——

我看著紙上那刺眼的四個字，代表著危險、瘋狂的尤里西斯。

不，再怎樣都不能找他，他是最危險的長生，不僅三番兩次想奪取奶奶的性命，也入侵過我的房間……不對，他雖然能靠近我，但不能傷害我，因爲他和奧里林之間有契約！

我站起來，在房間裡來回踱步。沒錯，要找到奧里林，透過尤里西斯可能是最快的途徑。

想踏進長生的世界，本來就得冒一點風險。

問題是，我該怎麼和尤里西斯接觸？

他曾經說：「奧里林對妳沒有感情的話，妳就派不上用場。」

不過，奧里林對我眞的完全沒有感覺嗎？

我的長相和年輕時的奶奶一模一樣，即使他對「童千蒔」這個人沒感情，對於我這張神似封允心的臉，多少仍會有移情作用吧？

所以，也許當我遇到危險的時候，奧里林就會出現，我決定這樣假設。

危險自然是尤里西斯，我開始回憶第一次見到他時的情景，接著瞪大眼睛。

我轉頭要拿放在桌邊的手機，卻發現童曉淵不知何時站在我的書桌旁。

「尤里西斯？」她念出我寫在紙上的名字，我立刻一把抓過紙張揉成一團。

「妳怎麼擅自進來我房間？」

「我有敲門啊，妳沒回應，我才直接進來。大人要我們去客廳啦。」童曉淵瞇起雙眼，「那張紙是什麼？」

「我隨便寫寫的。」我將紙團塞進自己的口袋。

「可是那個名字好眼熟耶，我怎麼記得之前也……啊，妳之前寫過對不對？」

我心驚了下，「有嗎？妳記錯了吧？」

「有，前陣子妳也把這個名字寫在紙上過，因爲名字和魷魚絲有點像，所以我記起來了。」童曉淵挨到我身邊，「到底怎麼回事，幹麼神神祕祕的？尤里西斯是誰？」

「童曉淵！妳馬上給我忘掉這個名字！」我急得大喊，讓她嚇了一跳。

「怎麼了，妳爲什麼那麼激動？」她眼裡的好奇不減反增。

不行，要是她產生興趣就沒完沒了了。

我深吸一口氣，「我想寫一個故事。」

「啊？」她顯然沒料到我會這麼說。

「聽了奶奶說的故事後，我有了一些靈感，想試著寫小說。」我認眞地看著她，「其中一個主角的名字叫做尤里西斯，這件事我想保密，以免讓我爸媽覺得我念書不認眞，還想東想西的，所以……幫我隱瞞可以嗎？」

「只是這樣喔。」童曉淵難掩失望，「眞想不到千蒔妳這麼浪漫，寫小說耶。」

我聳聳肩，「好了，妳先去客廳吧，我等等就過去。記得，對誰都不能說。」

「當然，這是姊妹間的祕密。」她眨眨眼，離開房間。

我趕緊拿起手機，傳送訊息給梁又秦。

「今晚有空嗎？要不要去夜店？」

接著，我把手機放回書桌上，前往客廳。

我第一次見到尤里西斯的地方正是夜店，長生若想持續吸食人血，想獵捕情慾高漲、又神智不清的年輕女人，夜店絕對是最好的下手地點。

所以，也許去了那裡，我就能再見到尤里西斯。

客廳裡，長輩們神情嚴肅坐在沙發上，我們幾個孩子則站在旁邊，詭異的沉默蔓延，我咳了一聲，率先開口：「有什麼事情嗎？爲什麼大家……」

「千蒔，妳眞的沒有聽奶奶說過什麼嗎？」伯父眉頭緊鎖。

「我……」

「奶奶跟千蒔說了很多事情！」童曉淵搶道，我瞪著她。明明剛剛才交代她不要多嘴。

童曉淵卻一臉無辜，彷彿不知道自己說錯了什麼。

「奶奶說了什麼？」爸媽看著我，眼神像是在責怪我爲什麼從來沒有提過。

「就……也沒什麼。」我含糊回應。

「千蒔，這很重要。」爸爸嚴肅地表示。

「眞的沒什麼，只是奶奶看著電視劇講的一些胡言亂語，我不懂這有什麼重要的。」我刻意不耐煩地回答。

「因爲我們收到這樣的東西。」伯父拿出一封信，在桌上攤開信紙。

所有孩子湊到桌邊，只見信上簡單寫著：「封允心已安葬，請家屬放心。」

「天啊，這是誰寄來的？」一個堂弟驚呼。信封上只寫了「童家」，沒有郵票也沒有地址。

「忽然出現的，就放在信箱裡面。」伯母擰著眉頭。

「這表示確實有人帶走了媽，但這封信又是什麼意思？難道是威脅？」伯父神情凝重。

我努力想控制住自己的顫抖。這是奧里林或小池寫的嗎？算是給我的家人的一點交代嗎？

我相信大多數的長生絕不會在乎人類的感受，這就是奧里林與其他長生的不同之處。

然而來路不明的信卻更加造成所有人的恐慌。

「有沒有看過大樓的監視器畫面？是誰放到信箱裡的？」童曉淵問，伯父搖頭。

「我們都看過了，除了郵差以外，沒人靠近，但那封信就是出現了。」姑姑說，「媽從以前就讓我感覺很不對勁，好像不是人類一樣……」

其他長輩雖然都說怎麼可能，卻也無法完全否認姑姑的話。

「這件事很重要嗎？」我的喉嚨乾澀，聲音有些沙啞。

「千蒔，妳這話是什麼意思？」媽媽看著我，不明所以。

「奶奶不像人類也好、她毫無感情也罷，總之，奶奶離開了是事實，也許她去了另一個更想去的地方。」

「奶奶確實跟妳說了些什麼，對吧？」爸爸站起來，瞪大眼睛。

我深吸一口氣，「奶奶只說，她最遺憾的就是自己從沒有愛過爺爺，而她這輩子一直在等待死亡。」

所有人都怔住了，姑姑忍不住掉下眼淚，伯父捶了沙發一下，爸爸則雙手緊緊握拳。

我說的是實話，只是隱瞞了奶奶的那段愛情。

「奶奶眞像虎姑婆。」幾個堂表弟妹無不冷笑，紛紛低聲數落奶奶。

我的指甲掐入手心，默默在心裡告訴自己這樣說是對的，唯有傷害家人，才能保護他們。

我疲憊地回到房間，看見手機螢幕顯示著梁又秦的回訊以及未接來電，我撥了回去，和她約在夜店門口見面。

隨後我盡快洗了澡，化上濃豔的妝，並挑了件皮裙搭配黑色露肩上衣，確定爸媽都睡了，才躡手躡腳離開家。

獨自走在夜晚的街道上，令我有種尤里西斯可能隨時會出現，或是可能會在哪個轉角遇見薩爾的錯覺，不過什麼事也沒有發生，我順利地抵達約定地點。

梁又秦妖嬈地站在夜店門口，有兩個男生正向她搭話，我對她擠眉弄眼，她聳聳肩，打發了那兩人。

「我以爲妳來夜店的目的是爲了放鬆一下。」

我搖搖頭，「我想來找個人。」

「到夜店找人？不要跟我說是找未來男友。」她笑了出來，勾起我的手。

「我自己會看著辦，今天謝謝妳了。」我輕輕蹭了蹭她。

「說這什麼話，以我們的交情還需要客氣嗎？」她微笑，領著我踏入吵雜的密閉空間。

許多年輕男女在舞池恣意地扭動身軀，震耳欲聾的音樂宛如撞擊著心臟，讓我的身體跟著一顫一顫。我走向吧檯，點了一杯特調，對正在和其他男人耳鬢廝磨的梁又秦擺擺手，要她別理會我，自行玩樂。

我轉身背向吧檯，跟隨音樂打著節拍，並睜大眼睛環顧四周，試圖在一閃一閃的昏暗燈光下，搜尋尤里西斯的蹤影。

但無論我如何留意，甚至還陸續換了幾家夜店，除了來搭訕的蠢貨以外，都沒有見到任何褐髮黃眼的男人，連外國人都沒看見幾個。

仔細想想，如果他能這麼容易被找到，便枉爲長生了。或許從來只有長生鎖定人類，沒有人類主動找上他們的份。

我和已經微醺的梁又秦站在夜店的角落，她靠在我的肩膀上，說剛才釣到了幾個不錯的男人，可以分給我，又問我到底在找誰。

「妳可別當傻女人呀。」

「怎樣叫傻女人？」

「就是那種、傻傻的，等著男人回家，男人不回家就出去找，漫無目的地找，也不知道他在哪、他睡在哪張床……的那種，傻女人。」她在我耳邊大聲說，雖然有些語無倫次，我還是聽懂了。

我輕笑一聲，「妳說的是我奶奶才對吧，我啊，不是那種女人。」

我是想找奧里林沒錯，但我和奶奶除了長相以外，並沒有其他相像的地方。

「以前的女人、不得已，所以我們現在，更不能重蹈覆轍！」她抱著我，「我媽，就是那種忍氣吞聲的女人，忍到我爸外遇、也不吭聲，所以我生氣、和她吵架、跑出去，沒想到她出去找我，就、就這樣人間蒸發，消失了！那就是一切的開始……」

她哽咽起來，我輕拍她的背，這是梁又秦最傷心的過往。

「沒事的，別哭了。」我安撫她，看著昏暗的店內。

在陌生的眾多面孔之中，有長生的存在嗎？

他們若是在這裡，想必爲的是尋找獵物。

夜店裡的人彼此都不相識，卻能在這狹小的空間肌膚相親，也許今晚誰又與誰回家溫存，到了隔天便裝作什麼也沒發生般，分道揚鑣。

而又或許，有些人隨他人離開後，就永遠消失在世界上，無人察覺。

在這個人口爆炸的時代，即使某個人不見了，也不會有人在乎。

✥

昨晚的夜店之行，換來的只有頭痛與宿醉，更別說見到任何長生了。或者該說，就算有長生混在人群裡，我也無法分辨。

梳洗過後，我特地傳訊息關心梁又秦的狀況，她回了一個表情要死不活的人物貼圖，接著我發現童曉淵也傳了訊息來。

我翻了個白眼，這個大嘴巴的傢伙居然還好意思找我。我點開她的訊息，迅速回應。

「都說別提奶奶和我說過什麼了，妳卻在大人面前說。」

她回覆一個疑惑的貼圖。

「只是不能洩漏妳在寫小說的事，還有奶奶說的是有關吸血鬼的故事而已吧？我只說奶奶和妳聊了很多啊。」

我不明白有什麼不同，童曉淵根本是在狡辯。

「這不是差不多嗎？」

「差多了！妳看我們的爸媽那樣痛苦都無動於衷嗎？我也沒說奶奶講了什麼，但妳本來就該告訴他們奶奶說的那些冷血的話，妳看，這下子他們或許再也不會追查奶奶的屍體去哪了，不是很好嗎？」

看著她的回覆，我愣了愣。這番話確實有道理，然而童曉淵的擅作主張還是令我不太高興。

「算了。」

「事關我的清白，我覺得我沒有錯。」

「好，就當這樣吧。」

「不乾不脆的。」她回了個生氣的貼圖。

我將手機丟到床鋪上，決定去沖澡，這時螢幕再次亮起，還是童曉淵。

「寫好的小說，要不要先貼到網路上試試水溫？」

她傳了網路小說發表平臺的網址給我。

「嗯，我考慮看看吧。」

隨便應付了幾句後，我拿起浴巾走進浴室，溫熱的水透過蓮蓬頭灑在身上，我不禁輕笑。根本沒有寫小說這回事，又怎麼可能貼到網路上……

不，不對。

我瞪大眼睛。

是呀，都什麼時代了，長生一定也會使用網路，而有什麼媒介傳播消息的速度能比網路還快？

要是我將一切遭遇寫成小說，在網路上發表，絕對會有長生注意到的，如此一來就更有機會接觸到奧里林了。

這麼做當然具有危險性，但還是值得賭一把，如果我真的想見到他的話。

我關掉水龍頭，思考著這個計畫，嘴角忍不住勾起微笑。我迫不及待地擦乾身體，穿好衣服衝出浴室，直奔房間按下電腦開關。

開頭該怎麼寫呢？

我考慮了一下，很快，文字在腦海中浮現，我興奮地敲下鍵盤——

奶奶這輩子和我交談的次數很少，事實上，我甚至沒見過她幾回，她對我們來說就是個陌生人。

然而我和她卻曾經有段說長不長、說短不短的相處時光，那是我這輩子和奶奶接觸最多的一次。

在她死亡之前。

她告訴了我一個幾乎可以稱作是光怪陸離，卻又絢爛迷人的故事，我一開始雖不相信，仍不知不覺為之著迷……

第二章

憎恨與愛都必定有理由，在尤里西斯的內心深處，又隱藏著什麼？

剛開始在網路平臺發表作品的時候，文章沒有受到矚目，不過我本來也並不期待受到矚目，只希望可以被任何一個長生看見，我賭的是一個很小的機會。

他們應該能發現，雖然我將許多名詞與人名都更動過了，但許多情節仍與他們那個世界發生過的事實相符。

然後他們或許就會開始打聽作者的身分，進而找到我。

這是我原先的預想，不過之後事情的發展卻出乎意料。當這部小說連載到第六回的時候，一舉登上了熱搜作品排行榜的第一名，忽然湧入的大量留言讓我在電腦螢幕前呆住了。

我仔細過濾留言內容，似乎沒有任何疑似長生的讀者，全都是國、高中的學生所留下的心得感想。

於是我放棄回覆，僅是定時更新小說進度。當劇情進展到整個故事的二分之一時，作品的人氣依舊居高不下，同時一個留言引起我的注意。

「名字。」

短短兩個字直指重點，我立刻回應，同樣是短短的兩個字。

「是的。」

我難掩內心的興奮，顫抖著握緊雙拳再放開。我幾乎可以確定，留言的人就是長生。

在我等待對方給予更多回應的期間，長輩們決定不再提奶奶的事，包括棺材裡沒有屍體這一點，都當作是祕密。

我們幾個晚輩沒有意見，只有一個堂弟白目地問，這樣以後清明節是否不需要掃墓。如此不敬的發言讓伯父發了很大的脾氣，但堂弟只是吐吐舌頭，不當一回事。

奶奶的事將不再被探究，也讓我鬆了一口氣，雖然童曉淵那副「妳看吧」的得意表情實在令人生氣，不過這樣我便不用昧著良心說謊，奶奶也能幸福地安息在某處。

我一面修完大四最後的課程，一面持續在網路上連載關於長生的故事。

即將畢業的前夕，梁又秦這個從來不看小說的人，某天居然拿著手機興奮地問我，有沒有看過最近很紅的某部吸血鬼小說。

「妳怎麼會看那種東西？」

「人家傳給我的，搭車時無聊就看一下嘍，沒想到還挺好看的，而且我總覺得裡面的情節很熟悉。」

我差點把嘴裡的咖啡噴出來，趕緊問：「什麼熟悉？哪裡熟悉？」

「裡面提到吸血鬼殺人都是在一瞬間，快到我們無法發現，而我媽失蹤的那晚，也是轉個彎就消失了……」

我還以爲是描寫夜店的橋段讓梁又秦有既視感，原來是指這點。

「那不就是小說而已嗎，妳跟現實搞混啦？」

「也是，如果告訴別人一定會被笑。」她將手機放回提包，但眉頭仍然緊鎖。

「對了，妳畢業後打算做什麼？」我轉移話題。

「只要能進化妝品公司就好。」她神采奕奕拿出一條最新上市的口紅，擅自爲我擦上，「妳呢？」

我聳聳肩，當務之急，是先找到奧里林再說。

「不先規劃好，到時候會像無頭蒼蠅喔。」

「妳還敢教訓我，是誰夜夜笙歌啊？」我捏了她白皙的大腿。

「出社會後可就不能這樣玩了，我當然得趁最後的假期好好瘋一瘋啦！」她笑得調皮。

「梁又秦，答應我好好保護自己，不要隨便跟男生走，出去玩一定要找個能夠信任的人送妳回家，知道嗎？」想到不知道有多少長生潛伏在我們周遭，我就有些不安。

「幹麼忽然說這種像是媽媽會說的話。」雖然嘴上這麼說，她還是輕拍我的手背，要我放心。

後來我們決定蹺掉下午的課，找家咖啡廳好好享受一下。

選定的這間咖啡廳燈光昏暗，外面的陽光也照射不太進來，整體裝潢充滿懷舊的氛圍。

我們時而愉快聊天、時而安靜拍照，過了一段時間，梁又秦勾起曖昧的微笑。

「欸，妳桃花來嘍。」

「妳哪隻眼睛看到了？」我檢視著手機裡的照片，挑了一張並套用合適的濾鏡進行後製。

「那邊有個人，從二十分鐘前就一直盯著妳看了。」

「什麼呀？」我抬頭，只見梁又秦神情興奮。

「是個外國人耶。」

我的心一緊，頓時渾身僵硬。

「我猜只要我一離開，他馬上就會過來搭訕。要不要給妳點機會？」

「他長什麼樣子？」我不敢回頭。

「等等妳就知道啦。」她促狹地一笑，眼神朝我的右後方示意，然後拿過提包站起身。

「妳要去哪？」

「我去洗手間，如果他真的過來搭訕妳，妳先離開也沒有關係。」她在我耳邊輕聲說，接著往洗手間的方向走。

我的雙手冰冷，感受著後方扎人的視線。明明一直在等待這個時候，我卻無法鼓起勇氣轉頭，只能緊張地絞著手指，直到梁又秦回來，我才覺得自己終於能夠呼吸了。

「有留電話嗎？」她一副看好戲的模樣，「妳的臉色怎麼這麼差？」

「他走了嗎？」一開口，我才發現自己的聲音異常乾澀。

「什麼？原來他沒跟妳說話就走了啊，眞是沒種。」梁又秦嘖了聲，甩了甩一頭長髮。

這時我才敢回頭，服務生已經在整理後面那張桌子，什麼人也沒有。我鬆了一口氣，轉過身問梁又秦：「他長什麼樣子？」

「就是外國人的臉呀，他盯著妳那麼久，我以爲他絕對會過來搭訕，沒想到竟然走了，眞沒意思。」她再度嘖了一聲，我卻注意到她的脖子上有兩個紅點。

「那是什麼？妳受傷了嗎？」

「什麼？」她伸手碰觸我所指的地方，一抹紅沾上她的指尖，「這什麼呀？我剛才照鏡子的時候還沒有。」

梁又秦拿出面紙擦拭，而我打了個冷顫。

剛才那個人想必是長生，可是他沒有直接找上我，而是跟著梁又秦，並咬了她。在這麼多人的咖啡廳中，他還是神不知、鬼不覺地咬了梁又秦。

這或許是給我的警告，要我別再寫關於長生的故事，否則他們將對我身邊的人不利。

我忽略了很重要的一點，尤里西斯的確不能傷害與奶奶有血緣關係的人，但他能傷害我的朋友。

長生懼怕陽光，所以我原以爲白天不會遭遇危險，想不到他們其實仍有辦法在白天活動。

話說回來，小池也曾在豔陽高照的情況下進入校園裡找我，長生懼怕陽光的程度是否因人而異？

雖然還沒弄清楚情況，不過我馬上下定決心，要趕緊遠離原本的生活圈。

大學畢業後，我告訴家人自己在外地找到了工作，必須搬離，同時也以相同的理由欺騙了梁又秦。雖然遇到不少阻礙，不過最後還是一一解決了。

於是十月初，我搬到離家大約三個小時路程的地方，展開一個人的生活。

事實上，我成了以接案維生的SOHO族，這份工作不太需要與人接觸，平常和案主聯繫大多透過電子郵件。雖說賺取的報酬不多，但也足夠應付基本生活開銷，當然，小說的撰寫依舊持續進行中。

這段時間，我的周遭並未發生什麼特別的事。

梁又秦努力工作之餘，偶爾會向我抱怨公司裡的男同事素質都不怎麼樣，但她實在沒有體力在上了一整天的班後，又去夜店走跳，所以目前是個憤世嫉俗的單身女子。

而童曉淵時不時打電話來，問我是不是偷偷跟男友同居才搬離家，也關心了小說的寫作進度，更質疑目前網路上十分火紅的吸血鬼小說是我寫的。

我只回說自己工作很忙，根本沒時間動筆。

不過，在日復一日、看似毫無變化的生活之中，我察覺到了一絲絲異樣。

稍早我出門之前，窗邊的盆栽花朵方向是朝外的，現在卻是朝內。

這小小的差異雖微不足道，我仍記在心上，且接下來，每天我都發現家中的擺設有些許變化。

例如拖鞋的擺放方向反了，被子被掀起一角，化妝水的壓頭左右相反等等，在在證明有人進出我家。

大門的鎖頭沒壞，而這裡可是七樓，窗戶就算沒關，也幾乎不可能藉此侵入。

於是，我大膽地在桌上留下紙條。

我要見尤里西斯。

難以壓抑的興奮與恐懼在心中蔓延，我離開租屋處去買晚餐，一路上不斷想像著回去時可能遇到的狀況。

也許一打開門，就會看見尤里西斯坐在屋內，或者他會忽地從高空飛下來，將我帶走。然而當我戰戰兢兢返家，打開大門時，卻什麼人都沒有。

有些失望的我打開電燈開關，將買回來的便當放到小茶几上，在走往廚房倒水的時候驀地發覺，桌上那張紙條不見了。

✤

「妳在那邊好嗎？我這禮拜五下班後去找妳好不好？」梁又秦在電話那頭無力地說。

「怎麼啦？工作不順利？」

「唉，就累呀，要是年輕時去夜店的那股衝勁可以運用在工作上就好了。」

「拜託，妳現在也不老，是想惹那些出社會超過十年的姊姊們生氣嗎？」我哈哈大笑。

「說到這個我才想到，公司裡的女同事都不太喜歡我。」

「但男同事很喜歡妳是吧？」

「我想這就是問題了。」她也笑了起來。

我和梁又秦約好時間，當她抵達高鐵站時，我騎著機車去接她，順便帶她逛逛夜市，並問她有沒有興趣去異地的夜店玩，她卻擺擺手，「老了。」

因此，我們提著飲料及鹹酥雞回到我的小套房，她既開心又羨慕地說一個人生活眞好，然後跳到床上沒多久便睡著了。

「工作到底把妳操成什麼樣子了啊……」我無奈地笑了笑，幫她蓋好被子，準備先去洗澡。

一轉身，一雙黃色眼睛赫然出現在面前，幾乎貼到我的臉上。

我嚇得要尖叫，但對方搶先摀住我的嘴。

尤里西斯帶著狂暴的笑容，雙眼一如記憶中那般熠熠發亮，他和我之間的距離實在太近，我彷彿能感受到他散發出的氣息，就和他手上的溫度一樣，冰冷且令人畏懼。

「該說妳是大膽，還是找死呢？」他的語氣似乎有些讚賞，舔拭著自己的嘴唇。

摀住我嘴巴的冰冷手掌鬆開，他瞬間退到牆邊，打量著床鋪上的梁又秦。

「是你嗎？在咖啡廳咬了她的長生。」我立刻擋到床前。怎麼偏偏挑在這個時候？不，也許尤里西斯就是故意挑這個時候。

「我不知道妳在說什麼。」尤里西斯顯得不懷好意，從口袋裡拿出手機，而且還是最新款的，這個畫面讓我覺得有點好笑。

「妳寫的小說引起了許多長生的注意，而這正是妳的目的，對吧？」他將螢幕朝向我，「不得不說妳很聰明，的確達到了效果。」

「在咖啡廳咬她的，是你嗎？」我努力控制住自己的顫抖，再次詢問。

「妳真囉嗦呀，不都說了我不知道。」

「不是你還有誰？」

「我剛剛講過，妳引起了很多長生的注意，也就是說，現在不只我想要妳的性命，其他長生也想殺了妳這個不斷洩漏我們的祕密的人。」尤里西斯稍稍靠過來，「不過在這個時代，寫這類故事的人太多了，所以大家都在觀察……」

「觀察什麼？」

「觀察妳是否會對我們的存在產生威脅。」他勾起一個微笑，五官立體的他長相十分好看，然而那陰冷與死亡的氣息卻難以忽視。

「你不會殺了我，所以我才想找你。」我鼓起勇氣。

「我是沒辦法殺妳，但對於妳留下紙條叫我來這點，我感到不是很愉快，好像我成了人類的僕人一樣。」尤里西斯悄聲說，令人不寒而慄。

「不然我也不知道還有什麼方法能找到你，我只是想跟你做個交易。」我努力冷靜地回應。

他挑眉，示意我繼續說下去。

「帶我去找奧里林。」

他瞪大眼睛，接著發出尖銳的笑聲，梁又秦翻了個身，喃喃道：「電視轉小聲一點啦。」

我趕緊要尤里西斯安靜點，可是他完全不打算壓低音量，我只好打開電視掩飾，梁又秦嘖了聲，抓過枕頭蓋住自己的頭。

「妳以爲奧里林這麼好找？如果找得到的話，我還需要浪費這麼多時間？」

「這次你有我。」

這句話讓尤里西斯笑得更加誇張，「以前封允心活著的時候，奧里林都可以堅持不出面了，妳又有什麼能耐逼出他？」

他說的沒錯，我只能裝作很有自信的樣子抬起下巴，「憑我這張臉。」

「臉？」

「我和奶奶長得一模一樣。」

「那又如何？正如我所說，以前封允心……」

「以前奶奶還在世，所以我才不重要。但現在奶奶不在了，我有一張和奶奶年輕時那麼相像的臉，你敢肯定奧里林眞的不會動搖？」

尤里西斯一愣，若有所思。

「妳尋找奧里林的理由是什麼？」良久，他開口。

「我只是想再見他一面。」

他笑了起來，「奧里林對你們人類來說，到底有什麼吸引力？」

長生的外表雖俊美，僅存不多的動物本能仍會令人類下意識遠離長生，可是奧里林並未使用任何迷惑的手法，便能使人類女孩接近他。

也許，是因爲那漫長的不朽生命爲他染上的寂寞，以及他那在不經意間流露的淡淡溫柔。

「別動我的家人和朋友，尤其是她。」我瞥了眼梁又秦，她睡得香甜，脖子上的紅點早已消失，卻在我的腦海中揮之不去。

尤里西斯聳聳肩，我再次沉聲要求，「答應我，尤里西斯。」

「只要妳不在他們身邊，他們就沒有利用價值。」他露出尖牙。

有這種程度的保證便足夠了。

談話告一段落，尤里西斯轉瞬間消失無蹤，房裡的窗甚至沒打開，只有飄動的窗簾能證明，他以肉眼看不見的速度從窗戶離開了。

我深吸一口氣，沖了個澡讓自己冷靜下來。

打開冰箱拿出一罐啤酒，我坐在地板上，等梁又秦醒過來後，我們便一同吃著冷掉的鹹酥雞。

由於興奮的情緒還未完全消退，我忍不住說了許多學生時期的回憶，梁又秦只以爲我是因爲喝了酒的關係才這麼high。

而後我們一起入睡，我在漆黑中睜著眼睛，彷彿可以看見奧里林那湛藍的美麗雙眼。

我眞的只是想再看一次那雙眼睛。

✤

週末，我帶著梁又秦跑遍這個城市的知名景點，拍了不少漂亮的照片，也帶她去了特色餐廳。

她說，經過如此豐富的充電之旅，她又有力氣再去面對上司和同事的茶毒，認眞上班了。

在高鐵站爲她送行時，我情不自禁擁抱了她。

「幹麼這樣？好噁心。」她吐了吐舌頭，輕輕推開我。

「只是覺得妳很辛苦。」我隨意扯了個藉口，揮手向她告別，一直到她上了電扶梯，身影完全看不見以後，才有些不捨地離開。

回到家，我撥了電話給爸媽，謊稱公司交給我一個重要的案子，所以接下來可能會有段時間無法時常通電話。我告訴他們，這是一個很好的升遷機會，像我這樣的新人可以得到這麼大的案子非常難得，而爸媽欣然祝福我一切順利。

然後，我跟房東說好未來將以匯款的方式支付房租，並請他另外傳訊息告知我每個月的水電費金額，我再連同房租一起匯入。

在科技如此進步的時代，想要隱藏行蹤變得十分困難，但只要能保持聯絡，周遭的人也就不會擔心了。

我檢視自己的大背包，裡面裝了筆電、現金以及簡單的衣物和糧食。

雖然不知道尤里西斯會用怎樣的方式協助我找到奧里林，不過我想自己勢必會脫離人類世界一陣子。

我靜靜地在屋裡等待，等到肚子餓了、等到覺得該洗澡了、等到眼睛發酸犯睏了、等到隔天太陽升起，等到這樣一天過了一天，尤里西斯一直沒有再出現。

我開始懷疑，是我會錯意了嗎？其實尤里西斯並沒有答應我。或者，那天發生的事情根本是我的妄想？

我一邊思索，一邊敲打鍵盤，直到打完小說的結尾——我，想見他。

文章發表的瞬間，一陣風忽然吹來，我回過頭，發現窗戶被打開了，尤里西斯就坐在我的床邊。

「我覺得長生都在世界上活這麼久了，也該遵守一點基本的禮儀，例如敲門。」見到他出現，我難以形容自己的感覺，可能高興的成分多一些。

他一派輕鬆地滑著手機，我發現他的頭髮似乎短了點。

「你剪頭髮了？」

他挑眉，沒有否認，這讓我覺得有趣。原來他們也會做如此「人類」的事。

「爲什麼這麼晚才來？」

「妳現在不怕我了啊？」他問。

「只要你不會要我的命，就沒什麼好怕的。」我聳肩。

他瞄了我一眼，搖搖頭，「時代眞的變了。」

「對你們來說，時代一直在變吧。」

「但以前不會料到，有一天會出現這樣的東西。」他晃了晃手機，螢幕上的畫面停留在我剛剛發表的小說。

「你在看我的小說？」一開口，我就意識到自己問了廢話。沒看的話，他怎麼會知道我在找他們？「更正，應該說，我沒想到你還在看。」

「我覺得挺有意思的是，在故事裡我看見了奧里林的另一面。那些全都是眞實的嗎？」

我搖頭，「我的記憶沒那麼清楚，情節也修改了很多，寫出來的全是不會危害到奧里林的部分。」

「嗯，我在故事裡像個壞人。」

「事實上，如果每個故事都有反派角色，那你絕對當之無愧。」

「我可不這麼認爲。」他輕笑。

「你過這麼久才來找我，難道就是爲了看小說的結局？」

「我想知道妳會怎麼作結。瞧，下面的留言。」

聞言，我轉身去看自己的電腦螢幕，文章下方不斷出現新的留言。

「這樣就完結了嗎？」

「不要吊胃口！我要知道男女主角會不會在一起！」

「拜託出第二集。」

「我哭慘了，這世間眞的有這樣純粹的愛情嗎？」

我寫這篇小說的目的只是爲了引出長生，藉此找到奧里林而已。可是如今竟有這麼多讀者深受奶奶與奧里林雋永的愛情感動，我不禁爲此感到十分欣慰，眼眶微微泛淚。

奶奶的堅持並非徒勞無功，她的等待也絕非毫無意義，也許花上一輩子只爲了再見一眼所愛的男人，以現代的價值觀來看非常愚蠢，但正是因爲他們之間的愛情如此純粹，所以才更加刻骨銘心。

「人類眼睛裡流下的水，到底有什麼意思？」尤里西斯忽然出現在桌邊，讓我嚇了一大跳，立刻擦乾自己的眼淚。

「你們走路都沒有聲音的嗎？」

「也可以發出聲音，只是習慣。」他用力踩了兩下地面，「走吧。」

「去哪？」我看著窗外的夜色。

「不是要去找奧里林嗎？」他抓住我的手，頓時，一度被遺忘的恐懼忽然襲上心頭。

「你該不會想指使別的長生傷害我，好將奧里林引出來吧？」我反射性地說。

他一愣，黃色的眼睛像貓一般瞇起，「這倒是個好方法，不是嗎？」

「不行！」我大喊。

「其實我也沒那麼野蠻。」他笑，「之前對付封允心時已經試過了，要是再來一次，奧里林絕對會殺了我。我喜歡挑戰，但可不想死。」

「活了這麼長的時間，還是會恐懼死亡嗎？」我問，尤里西斯沒有回答。他要我帶上自己所有的行李，我又問他究竟準備去哪裡，他沒有明說，只要我到時候別叫苦。

「我可不像奧里林一樣，願意用『跋』帶著一個人類，那很累的。」

這句話聽起來人性十足，可是長生應該不會疲累吧？我覺得他只是嫌麻煩。

「是眞的會累，疲倦將令我們無法迅速反應。」彷彿知道我心中的質疑，他補充，「能把『跋』運用得輕鬆自如的，大概只有奧里林一個。」說完，他嘖了聲。

「爲什麼你們這麼討厭奧里林？」我背起背包，繫緊了鞋帶。

「沒有爲什麼。」說完，他瞬間消失，窗戶大大敞開。

「一起從大門出去很難嗎？」我不自覺地叨念，脫掉鞋子後回到屋內，把窗戶關上。

離開前，我回頭看了眼這間套房，接下來可能有段時間不會回來了。我熄了燈，踏出離開人類世界的第一步。

✜

尤里西斯站在巷口的路燈下等待，責怪我動作太慢，我則反問他爲什麼不從大門進出，他充耳不聞，逕自走向一台停放在路邊的進口車。

我瞪大眼睛看著那輛紅色跑車，不敢置信地問：「你這麼有錢？」

「雖然偷車也不難，但我喜歡直接拿出一疊現金，看人類因此露出愚蠢的表情。」他按下遙控器，車燈閃了兩次，嗶嗶聲響起。

「你有工作？你哪來的錢？」我跟著他上車，這種高級的車子，原本我大概一輩子也不會有機會乘坐。

「沒工作也能有弄到錢的方式，妳眞當我們只是白活？」他說，似乎很滿意我的反應。

沒想到，長生也會有所謂的虛榮心。我一直認爲長生和人類是截然不同的物種，雖然奧里林也不完全是長生，然而他們都比我想像的還更接近人類。

「那爲什麼是紅色？不選低調一點的顏色嗎？」我好奇地問。

「因爲我喜歡紅色。」他咧嘴，潔白的牙齒在月色下看起來異常危險，我決定不去細想這句話背後的意思。

尤里西斯重重踩下油門，引擎發出轟隆聲響，跑車朝前方奔馳而去。

每當因紅燈暫停時，我總能看見路人投來羨慕的目光，卻不禁想著，如果過去曾有其他人類女子坐上這台車，那她們是否能夠活著回到人類世界？

「你應該沒在車上殺過人吧？」我問。

「拜託，我們眞的沒那麼野蠻。」頓了頓，他又補上一句，「不過我還眞是想念那種感覺。」

「當我沒問。」

尤里西斯愉快地笑，而我在車子開上高速公路後沒多久便沉沉睡去。

在夢裡，我似乎身處一片湛藍的世界，腳下像是踩在湖面上，漣漪隨著我的步伐一圈圈泛起。

藍色的水面映出我的模樣，如同奧里林那瞳眸的顏色一般，也許我就在他的眼中。

當我睜開眼睛時，發現車子停在休息站，尤里西斯正靜靜注視著我。我嚇了一跳，下意識摸了摸自己的脖子。

「我沒咬妳。」

「你肚子餓的話怎麼辦？」我問。

他指指放在後座的保冷箱，「有血袋。」

我挑起眉毛，「終究跟新鮮的血不一樣吧？」

尤里西斯沒有回答，只是淺淺一笑，「妳會開車吧？」

「等一下，你要我開？」

「天亮了，我必須休息。」他下車來到後座，天色逐漸露出魚肚白，尤里西斯的身上也開始微微冒煙。

「你們怕的是陽光，還是紫外線？」

他忙著用黑布包住自己的身體，一層又一層，連頭部也戴上黑色的布套。

「妳知道這麼做不能完全阻隔陽光吧，爲了幫妳找到奧里林，我可是冒著被陽光殺死的風險。」尤里西斯答非所問。

「你也想找奧里林，別全推到我身上。」我移動到駕駛座，這才發現窗戶貼了不透光的隔熱膜，只是事實上並不可能完全不透光。

果不其然，一路上尤里西斯仍持續全身冒煙，他坐立難安地不斷挪動身子，我只能盡量避開有陽光的地方，依循著GPS的導航在某個路段下了交流道。

不久，我開到一處樹蔭濃密的地方，此時太陽也被雲朵遮掩住，尤里西斯終於不再動了。

GPS所指示的地點，是一片樹林的外圍，我將車停在路邊。目前勢必得等到晚上才能活動，我本來想暫離這裡，找家店用餐，順便打發時間，但又覺得放尤里西斯獨自待在荒郊野外不太道德。

畢竟他們夜晚雖然所向無敵，白天卻是比螞蟻還脆弱。

於是，我將車子開往市區的便利商店，多買了一些應急糧食後，趕在尤里西斯冒煙的程度引起車外的人注意前，回到樹林附近。

我拿出一本書，邊讀邊吃著食物補充體力，而後也入睡。

在睡著以前，我心裡所想的是，尤里西斯對奧里林到底有什麼執著？憎恨與愛都必定有理由，在尤里西斯的內心深處，又隱藏著什麼？

第三章

「妳也會怕啊。」他說，聲音彷彿帶著一點笑意。

那雙手冰冷依舊，但此刻成為我最安心的港灣。

「起來。」有人搖晃我的肩膀，我皺了下眉，隨即張開眼睛，外頭的天色已經暗下。

車門敞開，尤里西斯站在車外冷眼瞧著我，「和一個長生待在一起，妳還能這樣呼呼大睡，也真有本事。」

我揉揉眼睛，「反正白天你也沒什麼威脅性……」

他瞪了我一眼，「下車，接下來我們得用走的。」

我拿起放在副駕駛座的外套和背包，下車之後，尤里西斯又說：「車上的垃圾要拿下來。」他說的是我放在座位底下的塑膠袋。

「喔，我忘記了。」這種感覺十分奇妙，我再切身體會，長生比我想像中的還更像人類。

一切準備妥當，他指向前方的樹林，「我們要走到最深處。」

「奧里林就在裡面嗎？」

「不，我們不是要找奧里林。」他的表情流露出一絲緊張，更多的卻是狂喜，我彷彿能感受到他寒毛直豎。

「那我們要去找誰？」

「找個很危險的人。」他的笑容令人不寒而慄。

樹林裡的路比預料中要好走一些，這裡平時顯然有人在走動，不時可以看見樹枝上繫著用來做記號的紅色絲帶。

但越往裡面走，氣溫便越低，月光逐漸照射不進來，我開啟手電筒，尤里西斯走在我前方。

「如果只有你自己來，應該可以很快就抵達目的地吧？」我一面擦著汗，一面喘氣。

「在這裡，我們長生也沒辦法迅速移動。」他說，聲音緊繃。

「我們還需要走很久嗎？」

「妳不能閉上嘴巴安靜地走嗎？」尤里西斯也背了個背包，我知道裡頭放著兩包血袋。

「對你們來說，不同血型的血液口感和味道有差異嗎？」我又問，尤里西斯停下腳步，黃色眼睛在黑暗中格外醒目。

他沒有回答我，我發現他走路依然沒有半點聲響，相反的，我不時踩到樹根、枯葉或是小石頭，發出聲音也就罷了，還頻頻差點跌倒。

「你眞的有踩在地面上嗎？走路怎麼都沒聲音，我好吵。」

「童千蒔，妳是很吵。」

「我不明白你爲什麼會這麼緊張，在奶奶的故事中，聽起來你天不怕地不怕的。」

「那妳現在就該害怕。」說著，他忽然朝右邊看。

「怎麼了？」見狀，我也不安起來，用手電筒往他所看的方向照過去，但什麼也沒有。

「你別嚇我。」我鬆了一口氣，尤里西斯緊鎖的眉頭卻沒有鬆開。

「有動靜。」他說，我正想反駁，他已經迅速衝出去。

我嚇傻了，在這漆黑的樹林中，唯一的光源便是我手上的手電筒。

「尤里西斯！」

我大喊，隨即發現除了自己的聲音以外，四周鴉雀無聲。

這不合理，再怎麼樣也該有蟲鳴鳥叫……不，現在是晚上，可是總有夜行性生物的吧？

或者應該說，還是有會在晚上活動的生物吧？

此時我才開始害怕，畢竟野生動物也有可能帶來危險。

我再次喊了尤里西斯的名字，由於不敢貿然行動，我緊貼著一棵樹，思考著是要爬上去，還是先待在這邊。

周圍安靜得只剩我自己的呼吸聲，我甚至連心臟與脈搏的跳動都感受得到。冷汗從額頭上流下，我握緊手電筒，頓時體會到奶奶當初在那片樹林裡的恐懼，更別說那時尤里西斯還追著她。

尤里西斯應該不會改變了主意，決定要殺掉我吧？

不，他無法傷害我這點是肯定的，他也確實並未對我懷抱惡意，也就是說，這裡眞的有其他東西，那東西連尤里西斯都必須警戒。

是什麼？什麼會讓長生心生戒備？

忽然，我靈光一閃。

一直以來，吸血鬼的宿敵都只有——狼人。

今天是滿月嗎？

我趕緊抬頭看天空，但黑壓壓的樹葉阻礙了視線，什麼也看不見。

尤里西斯不會傷害我，那麼狼人呢？我不知道他們是敵是友，更對他們完全沒有概念，奶奶根本不曾提及狼人的事。

而且眞的有狼人存在嗎？也許這只是我的幻想。

那麼，讓尤里西斯如此緊張的東西又是什麼？

一個聲音冷不防傳來，「我說……」

「啊——」

「妳叫什麼？」尤里西斯瞇起眼睛，用看神經病般的表情看我。

我被忽然出聲的他嚇了一大跳，心臟似乎都要從胸口蹦出來，手電筒脫手落到一旁的泥土地。

尤里西斯彎腰撿起手電筒，並關掉電源，我的眼前頓時陷入一片漆黑。我恐懼得又想喊叫，卻察覺尤里西斯蹲了下來，他的眼睛在黑暗中發光，有如貓科動物。

「妳也會怕啊。」他說，聲音彷彿帶著一點笑意。

交還手電筒給我的那雙手，冰冷依舊，但此刻成爲我最安心的港灣。

「應該有人在監視我們，畢竟這裡是他們的地盤。」尤里西斯簡單說明情況。

我們走在林中，我原本想打開手電筒，不過尤里西斯表示習慣了燈光，才會害怕黑暗，所以強烈建議我別開，讓眼睛去適應環境。

我想了想，決定遵循他的建議，反正他就走在我的前方。不知道是不是刻意，這次他走路時，發出了踩在枯葉與樹枝上的沙沙聲響。

我靜靜跟著他，而尤里西斯再度停了下來，我差點撞上他的背。

「妳這次沒有問題了啊？」

「其實有，只是不好問出口。」

尤里西斯挑起一邊眉毛，看起來已經料到我想問什麼，「人類靠著想像力倒也不是不能接近眞實。」

「所以是眞的嗎？我們現在身處的地方是……」

他瞇了下眼睛，好像要我別說出來，於是我將準備吐出的猜測吞回去，搖搖頭改口：「我們還要走多遠？」

「不知道，但總會走到。」

沒想到也有他不知道的事。

「你剛才有看見什麼嗎？」

「什麼也沒有。」他頓了頓，「妳現在又有一堆問題啦？」

我聳聳肩，繼續跟著他前進。

眼睛逐漸習慣黑暗之後，好像眞的看得清楚周遭了，聽覺以及嗅覺也變得敏銳。樹林裡的空氣既清新又冷冽，灌進鼻腔中卻不令人感到不適；樹葉隨著風吹窸窣作響，不過並沒有任何動物走動的聲音。

忽然，我聽見什麼東西的呼吸聲——除了我以外，還有誰會呼吸？

我立刻轉頭，發現尤里西斯已經跳到身後，他弓起背，目光鎖定眼前那不自然晃動著的小樹叢。

「什麼東西？」我下意識縮在尤里西斯後頭，要是他應付不來的話，我也逃不了，在他身邊才是最安全的。

「我沒有惡意。」這句話從尤里西斯口中說出來異常諷刺，一直以來他都帶著惡意。

「你本身就是惡意。」樹叢裡傳出低沉的吼聲，充滿攻擊性。

「我帶著人類。」尤里西斯提醒似的說。

「她也許是你的食物。」對方不以為然。

「不，她是奧里林的愛人。」尤里西斯冷哼一聲。

樹叢裡的低吼停止，但對方沒有離開，我還可以聽到他的呼吸聲。

「那為什麼不是奧里林來？」對方又問。

「這就是我們來的目的。」尤里西斯回答。

時間彷彿凝滯了，雙方顯然都在思索是否該選擇信任，一觸即發的緊張氣氛感染了我，讓我不自覺顫抖著。

不久，對方似乎打算先退讓一步，一個高大的男人從樹叢走出。

男人的一頭黑髮束成馬尾，赤裸著上身，身軀遍布傷痕。他目光銳利地盯著尤里西斯，竟比尤里西斯高了兩顆頭以上。

「由奧丁決定要不要見你們。」男人冷冷說。

「有你帶路自然再好不過。」尤里西斯的聲音隱含笑意，身子也重新挺直，劍拔弩張的感覺一瞬間消失了。

男人高傲地轉身，身邊倏然出現許多人，雖然沒有他那麼高大，但也個個無比壯碩。我和尤里西斯跟上男人，那些人則走在我們兩側，把我們徹底圍住。

我感受到壓迫，不自覺挨向尤里西斯。

在這群充滿敵意的人的帶領之下，我們走進樹林深處。

彷彿柳暗花明又一村，穿過一片林地後，眼前居然出現人聲鼎沸的市集。

市集四周圍著白色帆布當作分界，男女老少齊聚一堂，有些人載歌載舞、有些人坐在火堆邊大口喝酒談天，而這樣的熱鬧聲響直到剛才我都完全沒有聽見，十分不可思議。

尤里西斯一踏進去，所有人頓時停下動作，統統往這看來，不只是我，連尤里西斯都怔了下，但他依舊抬起下巴，站得筆直。

「司古！長生怎麼能來這？」一個男子朝帶領我們的高大男人喊。

「能不能由奧丁決定。」司古冷聲說，往另一邊走，我和尤里西斯跟著。每個人都以不歡迎的眼神緊盯著我們，方才的歡樂景象有如夢境，只剩下凝重的氛圍。

司古領著我們離開市集，包圍我們的人並沒有減少，有幾個原本在市集那裡的人也跟了過來，讓我更加喘不過氣。

天空不再被樹林遮蔽，滿天星斗襯著下弦月，顯得十分美麗。

「你們進去吧。」司古停在一座巨大的帳篷前，拉開入口的簾子，圍在我們身邊的人也停下腳步。

「我還眞是瘋了。」尤里西斯自言自語，他捏了捏拳頭，拉起我的手，「走吧。」

他的手冰冷無比，而我的也一樣。

我們踏入帳篷，訝異地發現裡面居然是以石塊所建成的堡壘，原來帳篷只是障眼法。石牆上的一整排火把燃燒著，照亮通往前方的道路，我們筆直朝前而去，我有種預感，等等要見的人地位絕不一般。

走過狹窄的石牆走廊後，便迎來了開闊的大廳。

圓拱狀的屋頂嵌著透明玻璃，柔和的月光灑落，大廳正中央有道階梯，階梯最上層安置了一張紅色的天鵝絨座椅，宛如王座。

除了我和尤里西斯以外，這裡沒有任何人。

我們都有些錯愕，我想開口說些什麼，卻聽見門被推開的聲音。

「哎呀，來了啊！」一個約莫八歲的男孩走了進來，把門關上後，小跑步來到我們面前。他穿著藍底綴黃色星星的衣褲，看起來像是連身睡衣，黑色的卷髮搭配圓臉，眼睛眨呀眨的，煞是可愛。

「我還在上廁所呢，你們怎麼走得這麼快？」他盯著我瞧，露出一個微笑，轉身往那張大紅座椅走去。

「我說，這光線不會太暗了嗎？喂，有人在嗎？把那該死的火把熄掉，開燈好嗎？」他爬上那張對他來說過於巨大的椅子，一屁股落坐陷進椅墊之中，拍了兩下手皺著眉頭喊。

頓時，室內明亮起來，原來這裡真的有燈。

這下我才看清楚廳內的模樣，雖然整體風格類似歐洲古堡，但牆上掛著許多有趣的現代畫，紅色座椅的後邊甚至有不少玩具放在那裡。

大廳四壁的幾道門全被推開，幾個穿著現代服飾的女子走來，皮膚白皙的她們面帶微笑，舒緩了緊張的氣氛。我有些弄不清狀況，正要上前，卻發現尤里西斯動也不動，依舊保持著警戒。

「奧丁。」他開口。

我瞪大眼睛，看著座椅上的孩子。

從尤里西斯和司古的說法來判斷，奧丁應該是此處的掌權者，根本和眼前的孩子完全搭不上。

「我太過訝異，也太過興奮了，除了奧里林以外，居然有其他長生敢踏進這裡，你一到樹林外圍我就感覺到了，眞是臭死人了哈哈哈哈，不過我同時也聞到人類的味道。撇除奧里林不說，我從來沒看過任何長生可以和人類單獨相處這麼久，我一直在等你把她吃掉耶！」名爲奧丁的孩子發出清脆的笑聲，一邊拍著手，甚至跳到了椅子上。

「我們前來的目的，就是爲了尋找奧里林。」尤里西斯冷靜地說。

奧丁眼睛一瞇，掛著稚氣的笑容問：「想找奧里林關我什麼事呢？」

尤里西斯的表情絲毫不變，「若是連你也找不到，那就眞的沒人可以找到他了。」

「哈哈哈哈哈，這眞是最好笑的笑話了，我們痛恨任何長生，巴不得殺光所有長生，竟然有不怕死的長生敢來這裡，我實在是欣喜若狂啊！」頂著孩童外貌的奧丁張嘴大笑，模樣異常可怕。

我眞的有些被嚇到了，但尤里西斯依舊面無表情，所以我也抬頭挺胸，盡量不表現出害怕的樣子。

「可是你們永遠不會傷害奧里林，我沒說錯吧？」尤里西斯語氣淡然。

奧丁停止大笑，換上饒富興味的表情，目光在我身上打量著，「爲什麼這個人類女孩會和奧里林有關係？」

在場所有人的視線彷彿都落到我身上，尤里西斯輕笑，「這不是明知故問？」

「所以人類，妳在和奧里林談戀愛嗎？」奧丁睥睨著我。

我立刻搖頭，「我只是想找到他。」

「既然妳不是他所愛的女人，那又拿什麼理由見他？」奧丁歪頭，露出孩子般的天眞表情，「又拿什麼理由讓我想辦法找他？」

「奧里林最後愛的那個人類，你記得吧？」尤里西斯問。

「前陣子終於死了的那個？」奧丁如此輕描淡寫地提及奶奶的死亡，讓我不禁微惱。

「她是那女人的後代。」

聽到尤里西斯這麼說，奧丁稍微坐直了身子。

「而且她長得和那女人年輕時一模一樣。」尤里西斯的補充令奧丁睜圓了眼睛，再次大笑起來。

「不錯，哈哈哈，眞是不錯！」奧丁拍著大腿，接著手一抬，司古隨即從某扇門後的走廊出現，後頭還跟著兩個塊頭較小的男人。

「奧丁，有何吩咐？」司古一手握拳放在心臟的位置，單膝下跪，另外兩個男人也做出一樣的動作。

「放消息出去，我們要找奧里林。」此話一出，除了我和尤里西斯，在場所有人都倒抽一口氣，司古更是抬起頭來，「您確定？爲了長生而去找奧里林？」

「不是爲了長生，應該算是爲了奧里林吧。」奧丁審視著我，「我知道奧里林的怪癖，他只愛人類女人，但從來沒有任何被他愛著的女人可以壽終正寢，光憑這一點……女人，妳叫什麼名字？」

「童千蒔。」我的聲音不自覺地微顫。

「妳和那個封允心長得一模一樣？」

「嗯，小池也這麼說過。」

奧丁瞪大眼睛，「妳連小池都見過啦，該不會封允心死的那晚，妳也在場？」

尤里西斯轉過頭看我，我點點頭，「是的，我看見奧里林和小池來接走了奶奶。」

「哈哈，也是，親眼見過奧里林的女人們，誰不會愛上他呢？」奧丁說得理所當然。

我馬上反駁：「我沒有愛上奧里林！」

「沒愛上他，爲何又要尋找他？」奧丁不解。

「我只是……想再見他一面。」

「那就是愛了。」

聽了奧丁所下的結論，尤里西斯冷哼一聲，似乎非常不以爲然。

不久前我還在人類的世界裡使用電腦和網路，吃著附近店家買來的麵，如今卻見到了應該是狼人領導者的奧丁，身旁站著尤里西斯，還正在與他們討論關於奧里林的事。

一切的變化如此之迅速，實在不可思議。

「總之，幫客人準備房間，今晚我們好好聊聊那天晚上發生了什麼事。」

「奧丁，您要讓長生留宿？」司古問，其他人也紛紛抗議，而尤里西斯聳聳肩。

「在你們這邊暫住，我才難受好嗎？」他皺了皺鼻子。

「別吵了，諒尤里西斯也不敢造次。」奧丁微笑。

「是啊，我一個人哪有辦法對付你們整個族群？」

「長生所需要的睡眠非常少，奧丁，我們擔心您的安危。」司古認眞地說。

奧丁瞇起眼睛，「你的意思是，我一個人打不過尤里西斯？」

「不，我不是這個意思。」司古趕緊低下頭。

奧丁離開他的王座，站到我面前拉起我的手，在手背上輕輕吻了一下，「況且，我還有個人質呀。」

「她？她對我來說什麼也不是。」尤里西斯露出嫌棄的表情。

「是嗎？」奧丁再次露出純眞的笑容。雖然擁有孩童的外貌，但事實上，他並不是單純的小孩，這樣的反差令人內心發寒。

「不用準備我的房間，我四處晃晃。」

「豈能讓你在這四處晃晃？」司古和幾個人擋住尤里西斯的去路。

「你們這是什麼意思？難不成我還不要命了？」尤里西斯微微弓起身，司古也跨出一步。

「我講第二次，別吵了。」奧丁沉聲說，「尤里西斯，若你想被炙熱的陽光燒死，那的確不需要房間。」

尤里西斯的嘴角抽了一下，我想起他在車子後座冒煙的模樣。

「尤里西斯。」我看著他。

他瞥了我一眼，嘖了聲，不再說什麼。

「帶他去房間，司古。他是客人，別添亂了。」奧丁叮囑，司古老大不情願，不過仍無奈聽從。奧丁的注意力轉回我身上，再次露出屬於孩童的天眞笑容，「走吧，我們聊一聊。」

我又看看尤里西斯，他瞇著眼睛回望，那黃色的雙眼此時一點威脅性也沒有。接著，他率先轉身，跟著司古離去。

奧丁也帶著我走出大廳，來到一條走廊上，兩側的石壁上同樣掛著許多畫作，類型從油畫、色鉛筆畫、水彩畫到素描皆有。

「這些都是我畫的喔。」

「好厲害。」我發自內心讚歎，每一幅畫風格迥異，有景物也有人像。

「因爲我的時間很多。」奧丁笑了笑。

「你……也是長生不老嗎？」

身高只到我胸前的奧丁歪頭，「不算，但生命週期很長，幾乎要長生不老了。」

幾乎要長生不老，那就等於長生不老了呀。

「那你是……」說到這裡，我停頓下來。如果問他是「什麼生物」想必很沒禮貌，可是直接問是不是狼人，又讓我覺得奇怪。

他並不在乎我未完的問句，我們來到一扇木門前，奧丁用一隻手輕鬆推開，而那門的重量絕對不輕。

「進來吧。」

房內有張非常大的公主床，以及一整片的落地窗，窗外是露天陽臺，幾張椅子和茶几擺放在那裡，周圍還有花草盆栽。

白色窗簾隨風飄揚，地板上所鋪的紅色地毯踩起來非常舒服。不一會兒，有人送了餐點來，放在房內的大理石桌上，這時奧丁已經抱著時下最受孩子歡迎的卡通人物布偶，打開電視觀賞卡通節目。

他看得專注，我逕自享用那些食物，順便拿出手機，發現毫無訊號。

用餐完畢，我走到陽臺，在這裡看不見我們剛才經過的市集，放眼遠眺只有一望無際的樹海，以及滿天星斗。

「很美對吧？」奧丁不知何時來到我的身邊。

「嗯，我從來沒看過這樣的星空。」

「人類早已離自然太遠。」奧丁抬頭注視月亮，他的黑瞳之中彷彿有星芒似的，閃閃發光。

「你是狼人嗎？」我不自覺地問，但馬上就後悔了。

「吸血鬼和狼人，好像是很自然的聯想，對吧？」奧丁坐到一張椅子上，指了指另一邊的椅子，示意我坐下。待我落坐之後，他才開口：「妳知道那些傳說並非空穴來風嗎？人們對於異世界的想像、描寫，大部分都與眞實很接近，然而大多數的人類卻不會當眞。他們不會想到，無論是吸血鬼、女巫、狼人，還是精靈等等，其實都眞的存在。」

「眞的存在？」我驚呼。

「妳以爲自然界之中的東西沒有靈魂嗎？我不是指植物或動物，而是光、風、空氣之類，讓這些無形的元素能夠運作的，就是精靈。」

我有些無法置信，眼前景色依舊，並沒有變化。

「存在於我們身邊嗎？」

「當然，只是人類看不見。」奧丁微笑，「我說了，人類已經離自然太遠。」

奧丁說，流傳在人類世界的奇幻故事，多半源自於遠古的傳說與記載，然而在科技發達的現代，已經沒有人會相信那些特殊的物種眞的存在，而那些生物更不願被人類發現。

雖然，也有像我一樣知道事實的人類，將這些事以各種不同的方式記錄下來。

我之所以把奶奶的故事寫成小說，發表在網路上，是爲了引起長生的注意，卻不知道可能招來嚴重的後果。

「妳很可能會死。」奧丁說。

「我知道奧里林不會讓我死的，因爲我有張和奶奶一樣的臉。」

「那晚發生了什麼事情？」

我看著奧丁的雙眼，開始述說那天晚上的情況。

奧丁令我感到安心，不是因爲他孩童般的無害外表，而是因爲我感覺到他並非奧里林的敵人。

無論是奶奶和奧里林過去從未親密接觸，卻深愛彼此，還是奶奶終其一生都在等待死亡時能見到奧里林，或是當奧里林帶著奶奶離開後，小池對我下了暗示，這一切我都全盤托出，包括那句令人費解的話——

「請妳，拯救奧里林先生。」

聽完之後，奧丁久久沒有說話，他起身走進房內，拿了擺在桌上的飲料回來，遞給我一杯。

「你知道如何能夠見到奧里林嗎？」

「沒有人知道怎樣才可以見到他，包括我。」奧丁喝了口果汁，孩子氣地舔舔沾到果汁的上唇，「不過他會回應我的呼喚。」

「在我的認知裡，狼人和吸血鬼……也就是長生，應該是宿敵才對？從尤里西斯和那些狼人的態度來看也是如此，爲什麼……」

「奧里林是很特別的存在，對我族來說。」奧丁的語氣稱不上友善，卻也不帶惡意，彷彿隱含著更複雜的情感。

「我多快可以見到他呢？」

「看他何時回應，也可能妳有生之年都見不到。」奧丁笑了起來，「沒想到，奧里林會這樣守護一個女人，看來封允心對他來說確實特別，這在我們的世界已經傳開了。」

「他如此保護我的奶奶，那份深情絕不是虛假的，奶奶說長生沒有感情，但怎麼可能沒有感情呢？只因爲奧里林不將她變成長生，她就以爲……」說到這裡，我看著奧丁，深吸一口氣，「對了，我能問個問題嗎？」

奧丁偏了偏頭，沒有同意也沒有拒絕。

「長生無法將人類變成長生對吧？這和我們人類的普遍認知不一樣，並非被咬了就可以轉變爲長生，因爲……因爲人類和長生、狼人、精靈等，本來就是不同的物種，是嗎？」

奧丁勾起笑容，「妳眞是聰明呀，童千蒔。」

這個回答讓我忽然覺得好想哭。

奶奶，奧里林不是不愛妳，而是沒有辦法完成妳的願望。奧里林不告訴妳這個事實，更是因爲愛妳，所以才不想令妳失望。

「不過有一點很有趣，例如女巫確實是人類，但並不是每個人類都可以成爲女巫，必須先天具備神奇的感應能力和特殊力量，才能成爲女巫，可是人類和女巫仍是同一物種。」

我不解地看著奧丁，這話是什麼意思？

「奧里林是長生，又不是長生，所以長生們都討厭他，卻又敬重他。」奧丁的雙眼有如閃爍著光芒，「而我們狼人不傷害他，正是因爲他如此特別。」

奧丁的說法有些微妙，我不認爲是由於奧里林的身分特殊，才使狼人們不去傷害他，絕對有其他原因。

存在於奧丁眼中有別於憎恨的悲傷是爲了什麼？

「別擔心，我們狼人甚至還算是感謝他。」

「我可以問是怎麼回事嗎？」

「不可以。」奧丁想也不想便說，「我想這個話題可以結束了。」

他的態度堅決，我也無法再多問。

奶奶說過，奧里林不懼怕陽光，還有體溫跟微弱的心跳，他有一些與人類相似的地方，卻又不是人類、也不是長生……

我瞪大眼睛，「他是混血？」

奧丁沒有看我，嘴角揚起不懷好意的微笑，「妳眞是聰明呀，童千蒔。」

我們的交談繼續，不知不覺中，太陽從樹海的另一邊升起。

霧氣逐漸散去，翠綠的樹葉像是成了銀杏葉一般，須臾之間，所有景物都染上金黃的光芒，乍看之下竟有點像是尤里西斯眼睛的顏色。

「很美吧。」奧丁站在我身邊，一同欣賞著被晨光染金的樹海。

「好漂亮，我從來沒見過這樣的日出。」我曾經在網路影片中看過金色的雲海，都沒有眼前的一半美麗。

「當然，越是接近自然的地方，精靈越多。」

「所以這是精靈所創造的？」

「有精靈的存在，自然界才能正常運作，如果哪天精靈消失了，地球也就滅亡了。」奧丁打了一個哈欠，「妳不睏嗎？」

「還好。」

「眞是奇怪，人類的生命週期那麼短，體力也不好，照理說應該很需要睡眠吧？是因爲你們的睡眠時間不夠，生命週期才會那麼短嗎？」奧丁疑惑地問，打了第二個哈欠。

「我不是不想睡覺，只是短時間內發生太多事，讓我一時沒有睡意。」

「如果這樣妳就沒法入睡，那也許未來妳都很難安穩地睡了喔。」奧丁輕笑，「妳已經踏入了這個世界，就別想全身而退，即使妳和封允心一樣幸運，可以壽終正寢，也絕對沒有辦法忘記自己在這個世界看過的絢麗。」

我想起孤單的奶奶，她把身爲人類該做的事、該走的路都做完了、走完了，最後靜靜躺在病床上等待生命終結。在絕大多數人類都懼怕的死亡面前，她平靜的姿態卻是一生當中最美的模樣。

「我想，我做好心理準備了。」

「奧里林甚至沒有愛上妳，妳就願意先爲了他放棄原本身處的世界？」

「我並不期望奧里林愛上我，事實上，我也沒有愛上奧里林，我只是想見他一面。」我再度強調。

「不，正是愛上了才會奮不顧身，才會拋棄一切。」奧丁揉揉眼睛，顯得昏昏欲睡，「就算奧里林愛上妳，也不見得是愛上『妳』。」

說完，他又打了個哈欠，我忍不住問：「你要不要先休息了？」

「妳也睡一會吧。話說因爲有長生待在這裡，讓我的族人昨晚都不敢睡，但我知道尤里西斯不會輕舉妄動，大家都太緊張了。」

這時，房門被敲了兩下，兩個女人走進來，牽著奧丁的手離開。奧丁懶洋洋地說：「現在白天了，大家都可以休息了。」

耀眼的太陽已經升至空中，樹海恢復成生機蓬勃的綠色，天空中沒有一絲白雲，像是地中海的藍一樣，美得異常不眞實。

我躺到那張蓬鬆的公主床，也打了個哈欠，就這樣失去意識。

第四章

「他會見我的。」

「妳憑什麼肯定？」

「憑我這張臉。」

「起來。」

我猛然睜開眼睛，看見尤里西斯站在床邊，擰著眉頭，「妳可真會睡。」

「你怎麼進來的？」我趕緊坐起身，用手指爬梳凌亂的長髮，這才發現已經天黑了。

「從門。難道從陽臺嗎？」尤里西斯看向外頭，「妳睡了一整天？」

「我們看完日出才睡的。」我離開床鋪。

「這幫狼人難道還怕我一個長生？全村的人都等到天亮才睡，我的房門口甚至有好幾個狼人看守，我現在是囚犯嗎？」尤里西斯冷笑。

看得出來他很不愉快，長生與狼人果然誓不兩立。

「所以，妳和奧丁聊了些什麼？」

「沒什麼。」

「有什麼不能說的？」

「在奶奶的經歷之中，你可是想傷害奧里林的長生，我怎麼可能把事情都告訴你？」

「妳這……」尤里西斯睜大眼睛，隨即挑起一邊的嘴角，「也罷，大不了以後妳不管問我什麼，我也都不回答。」

「我還能問你什麼？」我聳聳肩，把頭髮綁起來。

「妳能問我的可多了。」

我思考了一下。的確，在這段旅途中，一直到找到奧里林之前，我或許還是有許多問題需要詢問他。

「好吧，我告訴你。」反正我對奧丁說的事不算特別重要，有些也寫在小說裡了，透露給尤里西斯應該沒什麼不妥。

於是，我把昨夜和奧丁的對話一字不漏地重述，當聽聞奧里林與奶奶之間的愛情時，他露出不以爲然的表情，我忍不住皺眉並想用手肘頂他，尤里西斯輕鬆閃過，滿臉不可思議，「妳想打我？」

「要不然呢？」

「妳以爲妳打得到我？」

「不試試看怎麼知道。」

他一副看到神經病的表情。我當然知道自己不太可能打得到長生，不過這是兩回事。

後來，我說奧丁提到精靈的存在，同時表達了自己的驚訝，而尤里西斯覺得我大驚小怪，還嘲笑我們人類就是無知。

我考慮了一下，不知道有件事該不該講。但我記得奶奶曾經說過，奧里林在長生的世界是沒有祕密的，他不想讓人得知的，只是自己在所愛的女人面前會露出溫柔的表情而已。

「奧里林，是混血。」

尤里西斯微微一顫，「奧丁告訴妳的？」

「不，我自己猜出來的。」

「看樣子，妳沒有外表看起來那麼笨啊。」他上下打量我。

「這是祕密嗎？」

「不是，只是從來沒有人類女人知道，包括妳的奶奶。我想，她們都求過奧里林把自己變成長生吧。」尤里西斯不懷好意地笑。

「那是什麼感覺？」我冷不防地問。

「什麼？」

「我和奶奶長得一模一樣，卻是不同的人。對你來說，和這樣的我說話，是什麼感覺？」

他注視著我良久，最後搖頭，「沒有任何感覺。對我來說，人類都一樣。」

「混血對你們的族群而言是恥辱嗎？」

「我沒有義務回答妳。」他不屑地說。

「你剛才說過，如果我告訴你和奧丁聊了什麼，你就會回答我的問題。」

「我才沒那麼說。」

罷了，根據我的觀察，還有奶奶的敘述，我想大概是既敬畏又引以爲恥吧。

「因爲混血的關係，所以奧里林有些微體溫和心跳，也不害怕陽光。」我頓了頓，「他是長生和人類的混血嗎？」

「不知道。」尤里西斯擺明裝傻。

「如果混血對你們來說是恥辱，那爲什麼身爲純種長生的小池會待在奧里林身邊？」

「這也是我不明白的地方，大部分的長生都是能離奧里林多遠就離奧里林多遠。」

「你很愛找奧里林的碴不是嗎？」

「我不一樣。」他冷冷地說。

「那薩爾呢？」

尤里西斯露出嫌惡的表情，「薩爾很危險。」

「危險？」

「根本不知道他有什麼目的，也不知道他到底在盤算什麼，他殺過奧里林愛的女人，但也幫助過奧里林的女人。」

「薩爾和奶奶訂下了要求她壽終正寢的契約，而在你襲擊奶奶的那個晚上，明明最後只剩下薩爾和你，爲什麼薩爾沒有……殺了你呢？」

了。」

「我也不知道。」尤里西斯顯然是眞的感到困惑，「我當時眞的以爲自己要死了。」

「當時發生了什麼事？」

尤里西斯猶豫了一下，才說：「那天奧里林把封允心帶走之後，薩爾依舊用力抓著我，我的手臂幾乎要被撕開。我問他到底打算怎麼樣，薩爾卻說我太心急。」

「什麼意思？」我皺起眉頭。

「他說『時機還沒到，處心積慮想打擊奧里林是沒有用的，我試過了，奧里林無動於衷』。」

我還是一頭霧水，只能繼續聽他說明。

「然後他就放我走了，要我別執著於封允心。」

「聽起來薩爾並不是站在奧里林那邊。」

「我想除了小池以外，從來沒有人站在奧里林那邊吧。」尤里西斯一攤手。

「我奶奶就站在他那邊。」

「封允心沒有用處。」

我瞪了他一眼，「我奶奶愛他，你不懂那力量有多強大。」

尤里西斯聽了，只是冷笑。

一直以來，我對薩爾的觀感都很矛盾，他不像敵人，卻也不完全是奧里林的盟友。回想著薩爾的那幾句話，我又問尤里西斯：「他的那句『我試過了』是什麼意思？」

「是指他曾經在奧里林面前以殘忍的手段殺掉奧里林的女人。當時奧里林並沒有崩潰，也沒有動怒，只是撿起女人的屍塊後離去。」

「由你講出殘忍兩個字還眞是諷刺，你不是很喜歡狩獵？」

「對，所以我沒殺了妳，妳該感恩。」尤里西斯露出白森森的牙齒。

然而不知道爲什麼，我已經不再感到害怕。

「我感謝契約的存在。」我調侃地說。

尤里西斯睜大眼睛，嘴裡不知咕噥了些什麼，接著走向陽臺。

夜空中已滿是星光，與我昨日所見的幾乎相同，精靈的力量令一切自然事物更加美麗。

「你看得見精靈嗎？」我來到尤里西斯身旁。

「嗯，他們小小的，擁有翅膀，跟你們人類那些童話故事中的描述差不多。」

尤里西斯凝視著天空，「人類明明已經遠離自然，許多傳說卻還是被保留下來，你們不信特殊物種的存在，卻一代又一代地流傳我們的事蹟。」

我也望向天空，依然只看得到碎鑽般閃爍的星子，而無法親眼目睹精靈。

那些與奧里林相愛的女子，全都慘死在長生手中，所以後來，他即便深愛奶奶，也保持著距離，只爲了讓奶奶活下去。

人類世界的醫生看多了死亡，於是逐漸習慣；那麼奧里林無數次面對自己的戀人死無全屍，內心所懷抱的愛是否因此侵蝕了他，令他的心逐漸空洞？

「小池要我拯救奧里林。」

尤里西斯轉過頭盯著我，我繼續說：「你知道這是什麼意思嗎？」

「奧里林怎麼會需要拯救。」尤利西斯撇撇嘴。

「我想，應該是指拯救他的心。」我注視著尤里西斯，此時此刻，尤里西斯那琥珀色的雙眼，看起來像黃寶石一樣美麗。

在奶奶的故事中，小池提過，長生也會愛上其他長生、也擁有感情，只是因爲活得太久，情感起伏不如人類強烈。而奧里林比長生具備更多的感受能力，那麼在無盡的生命之中，他內心的空洞，是否因此逐漸化爲巨大的黑洞？

我的眼淚掉了下來，一想到他是懷著怎樣的心情守護奶奶、陪伴奶奶迎接死亡，我就無法克制悲傷的情緒。

永遠閉上眼睛的奶奶，又被埋葬在何處了呢？

「人類的眼淚到底代表什麼？高興也哭、傷心也哭、感動也哭，有這麼多事情好哭嗎？」尤里西斯不耐地說。

「長生沒有淚腺嗎？」我擦乾淚水。

「應該有吧。」尤里西斯聳聳肩。

「這算是一種發洩的方式，或者有時只是下意識的反應。而女人的淚腺可能又比男人更發達。」

「後來？」

尤里西斯哼了聲，「所以後來呢？」

「妳和奧丁就說了這些？」

「差不多，之後看完日出，他回去睡覺，我也睡了。」說起美麗的日出，我又不禁爲之神往，「我從來沒見過那麼美的日出，樹林全都被染成金黃色，好像有神要降臨似的，耀眼卻不刺目，讓人感覺充滿希望和溫暖。那麼美的日出居然是眞實的場景，沒有親眼見到恐怕難以相信。」

「眞的很美嗎？」尤里西斯低聲問。

「啊？」

「日出。」

「很美，美呆了！」我興奮地說。

他垂下目光，我正想問怎麼了，房門便被打開，奧丁換了件精緻的西裝，看起來像是要擔任花童般隆重。

「這裡的日落也很美，可惜妳在睡覺。」奧丁偏了偏頭。

「不小心就睡到天黑了。」我不好意思地笑。

「沒關係，反正長生也要到夜晚才方便行動。」奧丁朝我伸出手，於是我牽起他的小手，「走吧，我們去大廳。」

我們一起回頭望向尤里西斯，他又看了眼天空，跟了上來。

奧丁口中的大廳和我們昨天待過的地方不同，眼前的一切和常人住家的客廳沒什麼兩樣，有沙發、液晶電視、桌子，我甚至看到電視旁放著一台遊戲機，司古和幾個高大的男人站在一邊，另一邊則有幾名女子。

「坐吧，我們需要討論如何找到奧里林。」

我來到雙人座的那張沙發前，一落坐整個人就微微陷了下去，沙發非常柔軟舒適。尤里西斯坐到我旁邊，而奧丁坐在正前方的單人沙發。

司古在奧丁後方待命，另外兩個男人則站在我和尤里西斯所坐的沙發後面，這種被監視的感覺依舊不舒服，尤里西斯雖然沒什麼表情，但顯然也不是很高興。

「這些人要這樣到什麼時候？」尤里西斯抱怨。

司古表情難看，「我們是自衛。」

「你們還怕我一個不成？」尤里西斯站起來，司古立刻擺出戒備的架勢，我們後面的兩個男人伸手壓住尤里西斯的肩膀。

電光石火之間，尤里西斯高高一躍，整個人攀附在天花板上，我嚇了一跳。他的身體弓起，尖牙突出，雙眼閃爍著危險。

「終於露出眞面目了吧！」司古低吼，另外兩個男人也拱起身子，他們的肌肉脹大，皮膚開始生出細毛，嘴巴也變尖。

「不要吵，別讓我再說一次。」奧丁起身，他的模樣雖然沒有變化，強大的氣勢卻徹底壓住三名狼人，司古等人立刻縮了一下，像是小狗夾著尾巴似的，頓時恢復原來的狀態。

「尤里西斯，你別那麼緊張。」奧丁一派輕鬆。

「叫他們都離開！」尤里西斯怒道。

「想當年我受到你們長生的『禮遇』可是更精采耶。」奧丁噘著小嘴。

「但你把他們都殺了！從此長生開始畏懼你！」尤里西斯大吼。

我訝異地看著嬌小的奧丁，雖然知道能成爲狼人首領的他絕不簡單，不過我還是料想不到他能殺掉許多長生。

奧丁歪頭，露出天眞的微笑，接著擺擺手，「司古，你們退下吧。」

「可是……」

「我希望以後我話只要說一遍，就有人聽得懂。」

聞言，司古等人只得頷首，他們心不甘情不願地瞪了尤里西斯一眼，退出了大廳。

鬧劇結束，那幾名女子彷彿沒事一般，爲我們送上茶水及餐點。

尤里西斯從天花板跳下來，站直身子，端起茶喝下，「看在好茶的分上。」

「口氣可眞大啊，我還得感謝你的不計較？」奧丁輕笑，逕自開始享用餅乾。

我尚未從驚慌中回過神來，依舊呆坐在那裡，直到尤里西斯冰冷的手貼到我的頭頂。

「吃東西，我們等會就要離開。」

「喔。」我看著眼前琳琅滿目的食物，最後拿了塊三明治，在咬下去的瞬間眼睛一亮。這比我吃過的任何食物都還要美味。

「難道這也是精靈的傑作？」我訝異地問。

奧丁「噗」地笑了聲，「不，只是我們的廚師手藝好。」

我紅了臉。是呀，這才是理所當然的。

他說昨晚已經將尋找奧里林的訊息放出去，但根據多年來的經驗，除非奧里林自己願意，否則恐怕仍是難以見上一面。

「所以，我直接傳了LINE給他。」

我差點沒噎到，「你說什麼？」

「LINE呀，結果他已讀不回！」奧丁抱怨，從口袋拿出智慧型手機，而且也是最新款的。

見我目瞪口呆，尤里西斯忍不住笑了，「時代在進步。」

「那、那你怎麼不傳LINE給奧里林就好？」我愣愣地問。

「他不加我好友。」尤里西斯神情無奈。

天啊，實在太好笑了，這是怎麼回事？「看來人類對你們的影響眞大……」

「人類實在很厲害啊！不僅寫的小說精采，電玩場景也製作得逼眞，讓我最近閉關變成不是在修煉，而是忙著打遊戲了！」奧丁激動地說，我的目光瞥向不遠處的遊戲機。

「那打他的手機呢？」

「他不接呀。」奧丁聳聳肩，「我只好打小池的手機。」

「小池怎麼說？」

奧丁微笑，又吃了一塊餅乾，「小池很訝異妳這麼快就恢復記憶了。」

尤里西斯看著我，我老實說：「因爲見到薩爾和尤里西斯的關係，我才會那麼快就想起來，小池本來也並沒有眞的打算消除我的記憶。」

「但還是比他想像中的要快。」奧丁表示。

「那小池有說會來見我們嗎？」我問。

「他說必須視奧里林的決定，他不得擅作主張。」奧丁回答，這時他的手機響了一聲，他查看螢幕後皺眉，「還有空發遊戲邀請，卻不回覆我。」

「奧里林嗎？」

奧丁點頭，打了幾個字傳送給奧里林。

這種輕鬆的氣氛完全超乎我的想像，太詭異了。

「至少奧里林已經知道我們正在找他，這樣就可以了。」尤里西斯說。

「我們接下來要怎麼做？」我覺得他的態度太消極，「你以前老是找奧里林麻煩，那都怎麼找到他的？」

「我知道奧里林的幾個窩藏地點，不過那些地方他已經很久沒去了，而且每次被長生找到後，他就會換地方。」

「你們難道沒有其他尋找方法嗎？比如說依靠味道之類。」

「我又不是狗。」尤里西斯說著，故意看了奧丁一眼。

「我們的嗅覺雖然敏銳，也還是聞不到奧里林在哪喔。」奧丁沒有生氣，「不要急，聽我講完。雖然小池說只能等奧里林的決定，但他給了提示。」

這句話該早點說吧！

「他說他們在南邊，一旦你們進入奧里林的領域，奧里林就會知道。」奧丁瞇起眼睛，「屆時要不要見妳，奧里林自有定奪。」

「他會見我的。」我說。

「妳憑什麼肯定？」奧丁問。

「憑我這張臉。」

奧里林深愛奶奶，所以，他一定會來見我。

✜

我們向奧丁告別，準備前往南部，奧丁原本要派幾個狼人跟著我們，不過尤里西斯拒絕了，那些狼人似乎也鬆了一口氣。

「狼人和長生可是誓不兩立。當然，也有長生會私下和狼人往來，但都是建築在利益關係之上。」尤里西斯不屑地說，「我不信任他們，他們也不會信任我。」

奧丁沒有堅持，笑了笑，「要是找到奧里林，用LINE通知我。」

在司古不甘願的帶領下，我們很快出了樹林，對比昨日整整在林中走了半天，可說是輕鬆許多。

「就送你們到這。」我們來到停放車子的地方，司古淡淡說。

「謝謝你們。」我點頭致意。

尤里西斯不知何時已經上車，並發動了車子。

「給妳一個衷心的勸告。」司古低聲說，目光瞥向車內，「永遠別相信任何長生。」

「謝謝你。」我微笑。

他輕輕嘆息，往後退一步，隱沒在樹林裡。

我轉身上了車，繫好安全帶後問尤里西斯：「狼人的變身受月圓影響嗎？」

「不受影響。要是月圓才能變身的話，我們也不會這麼忌憚狼人。」忽然，他皺起眉，「雖然奧丁的第一次變身的確是受到月圓影響，不過現在他想變身就能變身，只是非必要的話，他不會輕易顯露真面目。」

「奧丁很強嗎？」

「別惹惱他，他可是狼人的始祖。」說完，他踩下油門，往國道奔馳而去。

小池說南邊，是指南邊的哪裡？

我問尤里西斯有沒有頭緒，他搖頭，表示除了小池以外，沒有人清楚奧里林的住所在哪。

時間不知不覺到了凌晨四點，我看看天空，告訴尤里西斯該準備找地方休息了。

他瞄了一眼外頭，沒有下交流道的意思。

「你不會想睡嗎？」

「我們不太需要睡眠，只是白天無法活動，所以只能睡覺。」他說。

「現在有這麼多的娛樂方式，你們白天窩在家裡打電動也是可以的吧。」我開了個玩笑。

「有些長生的確如此。」尤里西斯眞的笑了，還提到最近網路上一個當紅的實況主其實是長生。

我瞪大眼睛，一方面沒想到居然有長生這麼做，另一方面再度爲長生與我們的生活如此貼近感到訝異。

「你這麼輕易就把其他長生在人類世界的身分告訴我，沒關係嗎？我只是個平凡的人類。」

尤里西斯調侃似的一笑，「妳在長生的世界很有名，畢竟雖然寫吸血鬼故事的人類不少，但很少有知情者敢寫得這麼接近事實。話說回來，我還是不滿我在妳的故事之中像個大壞人。」

「事實上，你對我奶奶來說就是個大壞人。」

「我們只是立場不同。」他打了方向燈，駛入交流道，「也許這次在妳的故事之中，我不會是壞人。」

「目前不是。」我看著他熟門熟路地轉進某條巷子，將車停在一間知名的平價旅館前，立刻有人出來泊車。

「一間房嗎？」櫃檯的小姐微笑著看了我一眼，我趕緊搖頭。

「兩間。」尤里西斯說。

「您確定？」小姐確認。

「她不是食物。」這句話讓我怔住了，而櫃檯小姐看了我一眼，恭敬點頭。

「我明白了，失禮了。」她拿出兩張房卡，告訴我們房間的樓層，並特別向我說明提供早餐的餐廳位置。

我跟著尤里西斯踏進電梯，難掩訝異，「那個女人也是……」

「這裡是長生經營的旅館。」尤里西斯神情淡然，「各地都有長生所開設的旅館，而且皆備有無窗戶的房間，以防我們被太陽燒死。」

這個情報比長生實況主的存在還令我震驚。

「想睡的話就睡，晚點妳可以隨便逛逛，我下午五點會起來，只要外頭陽光不那麼強烈，我就能出門。」他停頓了一下，「妳最好在天黑以前回到旅館。」

「爲什麼？」

「我說了，妳在我們的世界是名人，很多長生將妳當成目標。」

「你眞的沒有跟蹤我和梁又秦到咖啡廳，並且咬了她嗎？」

「我才沒那麼閒。」他說，「有其他長生盯著妳們。」

「但那時候是白天，長生不是害怕陽光嗎？」電梯抵達我們所住的樓層，叮的一聲打開。

走廊的燈光十分昏暗，我們朝右邊走去，他停在自己的房間門前，我趕緊說：

「你還沒有回答呢。」

「那妳要進來嗎？」他帶著笑意。

這種感覺很奇怪，一個男人邀請我進他的房間，我顧慮的卻不是他可能對我毛手毛腳，而是自己的生命會不會遭受威脅。

剛才櫃檯的服務人員之所以確認是否眞的要分開住，肯定是因爲有很多長生會「外帶」食物回來吧。

不過他不能傷害我，而且……「這一層樓住的都是長生，對吧？」

「妳不用擔心被襲擊，能入住與人類共用的旅館的長生，都是持有良民證的。」

我笑了出來，「你也會說笑話呀。」

尤里西斯聳聳肩，過卡打開了房門，對我說：「那進來吧。」

我選擇踏入。

房內的擺設和一般商務旅館無異，浴室在進門處右手邊，左側則有一張放置熱水瓶和各式用品的長桌，再往前可以見到雙人床、一組桌椅還有電視，我走到窗邊的椅子坐下。

「回答妳剛才的問題，我說過，我們並不眞的需要睡眠，而也不是一被陽光照射就會死，會經過漫長的痛苦掙扎，像人類自焚那樣，只是我們到暗處稍微休息一下便能復原。」

「小池來學校找過我，那時他在太陽底下待了很久，也沒有特別痛苦的樣子。」我回想當初的情景。

尤里西斯迅速移動到我面前，抓住我的肩膀，令我嚇了一跳。他瞪大雙眼，「小池待在太陽底下？他撐了多久的時間？」

「不久，幾分鐘而已。」我看著他緊掐我肩膀的手，「會痛。」

他鬆手，沉默下來，顯然正試圖讓自己冷靜。而後他看起來放鬆了一點，往後站了些。

「長生無法在陽光下待超過一分鐘。」他脫掉外套扔在床鋪上，坐到我對面的椅子。

「那小池為什麼……」

「一定是奧里林搞的鬼！」他吼了句，「我就知道他有辦法讓長生在陽光下行走！」

我心一驚，「他能把自己的能力分給別人？」

「不是分給別人，但他既然能把陽光儲存在那該死的項鍊之中，就有辦法製造出讓長生不害怕太陽的東西，管他是藥片還是藥膏什麼的，總是有方法。」

見尤里西斯如此激動，我飛快思索了下，「你一直執著於奧里林，該不會就是爲了能在陽光下行走吧？」

尤里西斯一愣，目光轉爲冰冷，「童千蒔，太聰明不是好事。」

我咬著下唇，「你也會憧憬陽光嗎？」

「夠了，妳回房吧。」他的話才說完，我已經瞬間被推到門口，房門在我眼前關上。

「晚安，尤里西斯。」我說，轉身朝自己的房間走，雖然已經快天亮了。

進房之後，我踏入浴室，脫去衣服，站在蓮蓬頭底下感受熱水將疲憊全數沖刷而去。

尤里西斯對奧里林的執著，原來是出自對陽光的嚮往嗎？

洗完澡，我發現手機已經耗盡電量，於是趕緊充電並重新開機，這才想到剛剛忘記詢問尤里西斯的LINE帳號。

這麼說來，該不會還有長生使用臉書吧？這該多有趣。

一開啟手機，我便看見有許多訊息以及未接來電。現在是早上六點，回撥電話還太早，所以我回覆了父母傳來的訊息，告訴他們目前工作量比較大，還假稱最近可能會出差。

而梁又秦是向我訴苦，她說工作太忙碌，同事之間又勾心鬥角，令她心力交瘁，加上沒其他人能陪伴，所以覺得很孤單。我看了十分心疼，鼓勵她努力撐下去，等我回去再一起出去玩。

但發送訊息後，我卻迷惘了。

我真的會回去嗎？我回得去嗎？

我最後將和奶奶一樣回到人類世界，花一輩子思念一個長生嗎？

還是說，我跟奶奶可以不一樣？

不，我擔心這些做什麼？我只是想見奧里林，並不是愛上他了，我沒有蠢到一見鍾情。

可是……我的確喜歡著奶奶所描述的奧里林，也的確心疼故事中的奧里林。

雖然我不認識現實中的奧里林，我所知道的僅是奶奶眼中的奧里林，是和奶奶在一起的那個奧里林。

忽然，我有些不安。現實中的奧里林若是只有冷如冰山的那一面，那我該怎麼辦？

眼皮越來越重，我打了個哈欠，決定不再胡思亂想，鑽進棉被裡面，很快進入夢鄉。

再度張開眼睛時，外面的天色還很亮，我看了看時間，下午三點，於是決定起床。無論如何，還是得晒晒太陽才行。

我換了件衣服，並在紙上寫下自己的LINE帳號，離開房間把紙條從尤里西斯的房門底下塞進去。

走廊依舊昏暗，除了燈光黯淡以外，也沒有一絲陽光照射進來，讓人不禁以爲現在還是半夜。

我等待著電梯抵達，此時某道房門被打開，走出了一個女人。

她的腳步搖搖晃晃，我心想該不會是身爲「食物」的人類要離開了，由於剛被吸過血，所以處於神智不清的狀態。

但下一瞬，那個女人移動到我面前，她的雙眼瞳孔放得很大，微微張開嘴，露出銳利的尖牙。

「人類。」她說，我頓時冷汗直流，還來不及觀察首次見到的女性長生，就先脫口喊：「我跟尤里西斯一起的。」

她愣了下，往後一退，「尤里西斯，他在哪間？」

「我不知道妳是誰，我不能告訴妳。」如果她是敵人，那可就糟了。

「我問櫃檯便知。」她轉過身，轉瞬又回到自己的房門前。在她關門之前，我聽見她喃喃說：「什麼時候尤里西斯也帶著人類了？」

我鬆了口氣，電梯門正好打開，我趕緊踏進裡面。

看來，尤里西斯的名字在長生的世界也很響亮。

我拿出手機，卻發現自己止不住顫抖，其他的長生對我來說，依舊是令人恐懼的生物。

深吸一口氣，當電梯門再次開啟，外頭炙熱的陽光從落地窗灑進來。

我朝明亮、安全的世界，露出了笑容。

第五章

「你……想看日出？」

「我想看所有白天才能看見的景象。」

上一次來到這附近已經是小時候的事了，我對這一帶完全不熟悉，於是用手機開啟地圖找尋餐廳。若要在五點多左右回到飯店的話，我只剩下一個半小時的時間。

我在一間麵店簡單用餐後，順道去服飾店買了幾件輕便的上衣和襪子，又到超市購買罐頭和口糧。

回到飯店時恰好五點半，天色已經有些暗下。不知道陽光要減弱到什麼程度，長生才不會被傷害？

在回房以前，我打算先確認一件事情。

我走向櫃檯，服務人員與稍早遇見的是不同人，不知道是人類還是長生。不過，這裡的員工中有人類嗎？

照理說應該有的，否則白天時怎麼辦？那麼，他們知道長生的存在嗎？

「那個……」

「是，您好。」櫃檯小姐對我微笑。

我思考著該怎麼詢問。

今天有沒有一個女人打電話問尤里西斯的房號？但我說不出「尤里西斯」四個字，這個名字太奇怪了。

雖然也許正因爲奇怪，所以更容易被記住。不過昨天沒看見櫃檯小姐登記尤里西斯的名字，那我還該問嗎？

正當我掙扎時，手機忽然響了聲，我滑開畫面，發現是尤里西斯傳來訊息。

「妳在哪裡？」

看樣子沒問題了，既然他醒了，我就不用擔心那個奇怪的女長生找麻煩。

「沒事了，謝謝。」我對櫃檯小姐說，走到電梯前按下上樓的按鈕，然後回覆尤里西斯。

「我在一樓，現在要搭電梯上去。下午離開旅館之前，我遇見一個奇怪的女長生。」

「女長生？我在電梯前等妳。」

他的回應讓我安心多了。我特地看了一下他的LINE頭像，沒想到居然是日出的照片，這也太諷刺了。

進入電梯，我按了樓層，在電梯門即將關起時，兩名男子走了進來。

一個是金髮藍眼的高大帥哥，另一個則有著東方臉孔，個子比較矮小，但挺直的姿態讓他看起來比實際身高修長。

他們本來要按與我相同的樓層，卻發現樓層燈號亮著，於是狐疑地看著我，「小姐，您是不是按錯了？」

「不，我是那樓的房客。」話一出口，我立刻警覺起來，顯然他們兩個都是長生。

金髮外國人上下打量我，沒再多說什麼，而東方臉孔的男人看著我微笑，「妳去過這邊的酒吧了嗎？」

「不，沒有。」我回想剛才在一樓時，所感受到的陽光。雖然不算強烈，但多少還是有些光線，難道他們不怕？

仔細一瞧，我很快推翻了自己的猜測。他們除了臉部以外，全身都包得緊緊的，連手上也戴著皮製手套。

「這裡的酒吧很棒，特別昏暗，而且總有我們想喝的。」東方男人輕笑，靠向我一些。

我縮到電梯的角落，盯著樓層燈號，暗暗祈禱快點抵達。他們總不可能在電梯裡對我動手吧？

「妳跟著誰？」金髮男人問。

「我……」在說出尤里西斯的名字前，我想起稍早遇到的女長生，覺得自己還是不要輕易回答爲妙。

謝天謝地，這時電梯門打開，尤里西斯眞的就站在門口。一瞧見和我同電梯的兩名男子，他馬上瞇起眼睛。

「昆恩、喬伊。」他喊出他們的名字，我立刻鬆了一口氣。原來是他認識的長生。

不過我還是馬上躲到尤里西斯身後，在長生面前，我就像砧板上的肉一樣。

「是你帶來的食物？」名爲昆恩的金髮男人戲謔地問。

「不是食物吧，我看她挺清醒的。」明明擁有東方臉孔卻叫喬伊的男人不認同。

「她跟著我。」尤里西斯簡單回應。

「除了奧里林，又多了一個愛上人類的長生嗎？」喬伊大笑，聽到他說出奧里林的名字，我內心一震。

「別把我跟奧里林相提並論。」尤里西斯不屑地說。

「不是食物的話，你帶她來做什麼？」昆恩繞著我轉了一圈，不到一秒的時間，他又返回自己原本站的位置。

「我的自由。」尤里西斯拉起我的手，那冰塊般的溫度此刻卻給了我安全感。

「她該不會是……在網路上寫小說的那個人類吧？」昆恩瞇起眼睛。

「啊，那個把我們的事情在網路上散播的人類是吧？這猜想很有意思呀，昆恩。」喬伊獰笑，尖牙從他的嘴角露出。

「我記得那個人類寫的就是奧里林的事，雖然名字不一樣，但是尤里西斯，你也有出現在故事中吧。」昆恩輕聲說，我感覺到尤里西斯握著我的手收緊。

你不是說住在這間旅館的長生都有良民證嗎？

這一觸即發的氣氛是怎麼回事，尤里西斯！

我在心中吶喊，而一波未平一波又起，我聽見後方的房門開啟，瞬間我們旁邊又多了一個女人。

她身穿豔紅的洋裝，頭髮紮成馬尾，瞳眸漆黑，頭髮則是棕色的，五官深邃，看起來像中東人，是我下午見到的女長生。

我完全無法將如今的她跟不久前頹廢的模樣聯想在一起，眼前這個女人簡直是模特兒。

「尤里西斯，好久不見了！」說完，她一把抱住尤里西斯。

「末時，放開我。」尤里西斯神情不耐。

「不，我們近百年沒見了，我好想你呀！」末時緊緊抱著尤里西斯，臉頰還在他的耳邊磨蹭。

接著，她發現尤里西斯拉著我的手腕，於是狠狠瞪我，「妳是誰？爲什麼尤里西斯抓著……啊，妳不是那個人類嗎？討厭，妳和尤里西斯是什麼關係？」

「末時，我們還在這啊，修羅場什麼的，先等我們問完話吧。」昆恩脫下手套，一臉無奈。

「啊，我沒發現你們在。怎樣，在酒吧有找到想要的血型嗎？」

「他們企圖用A型小男孩的血充當我點的二十歲A型女人的血，但算了，小男孩的也勉強可以。」喬伊抱怨。

「跟經理客訴呀，我上次點B型男人的血，來的居然是番茄汁，我氣得差點扭斷酒保的手。」末時撇撇嘴。

「那個酒保是想引起妳的注意吧。」昆恩哈哈大笑。

這……如果沒我的事，我可以先回房間了嗎？

我看向尤里西斯，他接收到我的眼神，下一秒，我忽然被抱起來，以極快的速度往房間衝去，然而昆恩和喬伊隨即擋住去路。

「急什麼呀？」昆恩搖頭。

原來我正被尤里西斯以公主抱的方式抱在懷中，站在電梯前的末時已經和我們有一大段距離。在短短的時間內，尤里西斯便移動了這麼多，可怕的是，昆恩和喬伊還追得上。

「我沒必要凡事交代清楚，這個人類是我的，你們不能動手。」尤里西斯冷冷說。

「我知道，只是想確認這女人的身分而已，畢竟我們有條不成文的規定，就是不能讓人類知道我們的存在。」喬伊說得理直氣壯。

「『這人類是你的』是什麼意思？你愛她嗎？」末時氣呼呼地過來。

「你們不要一起吵，很煩。」尤里西斯老大不高興地放我下來，「我要找奧里林，而這女人是找到奧里林的關鍵，所以你們都滾遠一點。」

我抓緊尤里西斯的手，他稍稍側身將我壓往牆壁。

「你還在找奧里林啊。」喬伊瞇起眼睛。

「說到奧里林，不久前我才見過他。」昆恩語出驚人。

「他在哪裡？」我想也沒想便問，昆恩噙著笑意看我。

「不是跟妳在一起嗎？怪不得我覺得妳這張臉很熟悉，奧里林有陣子把妳藏在東邊的房子吧。」

他說的是奶奶，那是好久以前的事了。

長生果然沒什麼時間觀念嗎？

「那不是她。總之，讓開。」尤里西斯揮揮手。

昆恩慢慢地將我從頭到腳打量一遍，那視線給人的感覺很不舒服，然後他退開，喬伊也往後一退，讓出了路。

「慢著，尤里西斯，不和我聊聊嗎？」末時雙手環胸，像個高傲的公主。

「現在不是時候。」尤里西斯說完，打開他的房門，並把我推進去。

「你們還住同一間？」末時尖聲質問，但尤里西斯選擇無視，進到房內並鎖上門。

「每個房間都有專屬的結界，除非房主同意，否則其他人無法闖入。」尤里西斯嘖了聲，「想不到會遇見他們。」

「你是說昆恩和喬伊嗎？」

「還有末時。」他又嘖了一聲。

「末時是你的……女朋友？」

「那是幾百年前的事情了。」尤里西斯厭煩地說。

沒想到竟然是眞的，原來長生之間也有交往和分手的問題。

「末時就算了，昆恩和喬伊比較麻煩。」尤里西斯拿起外套穿上，我注意到桌子上放著一個裝有紅色液體的玻璃杯。

「剛剛昆恩在打量我。」我不自覺搓著自己的手臂。

尤里西斯舉杯，將紅色液體一飲而盡，「他們喜歡虐殺人類。」

「你似乎也一樣。」

「所以我才會認識他們，但我沒辦法傷害妳。」尤里西斯一副扼腕的樣子，

「妳的血……很香。」

這句話奧里林和薩爾也對奶奶說過，難道連血的味道都能遺傳？

「所以你想吸我的血？或是其他長生也會想吸我的血？」

「如果可以的話，怎麼會不想呢？」尤里西斯舔舔嘴唇，「可惜我沒辦法，只要一吸妳的血，我馬上就會感受到契約帶來的劇痛，該死的。」

「那昆恩他們也想吸我的血嗎？」

「當然。」他走到電話邊，撥給櫃檯，「二十五，兩杯。」

「什麼是二十五？」

「我的食物。」他回答。

「你不是有血袋嗎？」我指的是車上的保冷箱。

「早就喝完了，這倒是提醒我等一下要記得去拿血。」尤里西斯勾起嘴角，這時電鈴響起，我嚇了一跳。

「請進。」尤里西斯說，房門打開，是送餐的服務生。我稍稍探頭，沒看見那三個長生的身影。

尤里西斯掏出兩張鈔票給服務生，對方收下後離開。

門被關上後，尤里西斯才說：「不過末時不會想吸妳的血，基本上長生只對異性有興趣。」

我點點頭，又問：「昆恩說曾經看過奶奶和奧里林在一起？」

尤里西斯皺眉，「封允心也算是傳奇人物，昆恩很聰明，他會聯想到的，這下可麻煩了。」

「爲什麼？」

尤里西斯打開餐盤上的蓋子，裡面有兩個玻璃杯，都裝著紅色的……應該是血吧，我也不想知道那血是怎麼來的了。

「妳說的沒錯，我執著於奧里林，是因爲想得到在陽光下行走的能力。」他輕晃玻璃杯，啜了一口，「也有謠傳說，只要殺死奧里林，就可以得到他的能力。我幾百年前曾經相信過，但後來發現這不太可能。」

「他是混血，所以才不怕陽光吧，那和血統有關。」

「對，所以殺死他沒用，不如搶過他所製造的藥物，他母親一定知道怎麼製造，也一定有將製造方式傳授給他。」

「奧里林的媽媽是人類嗎？還是爸爸是人類？」我有些好奇，尤里西斯卻沒回答這個問題。

「所有長生都希望能待在陽光下，所以大家才會不斷以奧里林所愛的女人來威脅他，可是沒有用，奧里林什麼都不拿出來。」

「或許是他根本沒有辦法？」

「不可能，小池就是活生生的證明。能在陽光底下多停留個幾秒也好，妳能體會永遠只能躲在黑暗之中的感覺嗎？」尤里西斯看起來略顯痛苦，但他很快掩飾住情緒，將杯中的血飲盡。

「我以爲你討厭陽光。」我訝異地說。

「妳之前問過我，都活了這麼久，還會對死亡產生恐懼嗎？我不是恐懼死亡，而是捨不得。」尤里西斯拿起另一杯鮮血，走到我的身邊。

「捨不得什麼？」他靠得我好近，我可以感受到他冰冷的體溫，以及嗅到他口中的血味。

那鐵鏽味令我反胃，然而他的眼神卻使我動彈不得。

他正在催眠我嗎？不，我很清醒，我只是無法掙脫他的目光。

「我想用我的眼睛去看這個世界還會怎樣變化，將如何令我驚奇、令我欣喜。活了這麼久，這世界的每一個瞬間，仍總是讓人屏息。」

不知怎麼地，我突然想起在奧丁家中，尤里西斯曾經問我日出美嗎？

那時他看起來十分落寞，而且他的LINE帳號所使用的頭像也是日出的照片，難道……

我抓住尤里西斯的手腕，此刻他的雙眼似乎流露出些許憂傷。

「你……想看日出？」

他扯出一個微笑，「我想看所有白天才能看見的景象。」

近乎永生的他，卻從來沒有見過世界的另一面，那確實是相當寂寞的吧。

✥

確定那幾個長生都離去了以後，尤里西斯與我一起回到我自己的房間，我將採買來的東西全部裝進背包，我們要再往南邊出發了。

尤里西斯說要先去拿血袋，我原本以爲他是要潛入醫院偷，沒想到他直接開車到捐血中心，停妥車子後叫我下來。

「等等，你打算正大光明地進去？」我跟在他後頭。

他只是神祕一笑，背著保冷箱來到櫃檯詢問：「林小姐在嗎？」

「稍等一下喔。」櫃檯小姐拿起電話撥打內線，不一會兒，一個漂亮的女人從後面的辦公室走出。

「尤先生您來了啊，那邊請。」林小姐親切地招呼，尤里西斯頷首。

我們踏進一間會議室，一關上門，林小姐的和善笑容瞬間消失，「你要來也不先知會一聲，要是我不在怎麼辦？傳個訊息很難？」

「反正妳每個晚上幾乎都在不是嗎？話說妳同事都不覺得奇怪？怎麼有人只上

晚班？」

「你不必爲我操心。」林小姐打量起我，「怎麼帶了個行動血袋？」

行動血袋這形容詞還眞有創意……我抽了抽嘴角。

「她不是血袋。」

「我知道。」林小姐嘖了聲，「昆恩說，她是在網路上發表那篇小說的人，眞的嗎？」

我和尤里西斯對望。消息傳得這麼快？

「昆恩來過？」尤里西斯問。

「喔，不是，他在LINE群組裡講的。」林小姐揮了揮手機。

原來長生也有自己的LINE群組？我不禁好奇他們大多聊些什麼。

「我怎麼沒被加入那個群組？」尤里西斯一副在意的樣子。

「我們邀請過你啊，你一直沒有接受。你是不是不太會用手機？」

林小姐隨即幫尤里西斯操作起手機，發現確實是他自己沒注意到邀請，而後他便加入了有一百多名成員的長生群組。

「靠，誰加尤里西斯進來？」昆恩發言。

「很久以前你自己邀請的，他現在才按接受吧。」喬伊回。

「這東西對我們老人來講眞他媽難。我連打字都不太行。」一個叫做張明亮的人說，不過頭像看起來像是外國人。

「喂，這是我的隱私。」發現我湊到一旁看，尤里西斯立刻關閉螢幕，把手機收進口袋。

「我只是瞄一下。」

「所以這個人類是能得到陽光的關鍵嗎？」林小姐問，我頓時警戒地往後退。

「別擔心，她與世無爭，光是憑能在捐血中心工作這一點，就知道她定力有多好了。」尤里西斯揶揄。

「我還不是爲了大家。」林小姐搖頭，「所以你這次要什麼？」

「年輕的O型女人，還有AB型。」尤里西斯「點餐」。

「知道了，在這邊等著吧。」林小姐走出會議室，留下我們兩個。

和尤里西斯一起行動的這幾天，讓我看見了不一樣的他，有了許多意料之外的發現。例如他也會沮喪、也會像剛剛那樣和人聊天，甚至還交過女朋友。

在奶奶的故事中，他就只是個很惡劣的長生，但他其實也是活生生的存在，經歷過許多事、擁有許多想法。

「尤里西斯，你眞的想看日出？」

「別再提這個了。」尤里西斯彈了下我的額頭。

「喂，你動手可要注意力道，別一個不小心把我的腦袋彈碎了。」

「我當然有注意。」尤里西斯反駁，看來言下之意是，他眞的可以把我的腦袋彈碎。

「那位林小姐是專門提供血袋的長生嗎？」

「對，她負責的只是這個區域，其他區域有其他長生負責。我們的社會組織比妳想像的更爲嚴謹，甚至比人類世界還要嚴謹。」

「所以你們也有總統之類的領導者？」

「不算有，但有個類似政府的單位，叫做調解會。」尤里西斯簡單地說，並不打算透露更多。

過了一會，林小姐回來了。她拿著約莫十五包血袋，尤里西斯打開保冷箱，全部放進去。

「謝啦，林姊。」

「小心一點，尤里西斯，我認識你這麼久了，可不希望你死。」林小姐語氣嚴肅。

「我不會死的，大概吧。」

林小姐瞄了我一眼，目光又落回尤里西斯身上，「你帶了個人類在身邊，弱點如此明顯，我不放心。」

「我不會爲了保護她而死，我又不是奧里林。」尤里西斯冷笑。

他的確沒義務保護我，這個回答也在我的意料之中，不過我仍有些不是滋味。雖然相處的時間不長，但我以爲我們已經多少建立起革命情感。

「放心，我想當我有危險的時候，奧里林會現身保護我。」我故意說，尤里西斯皺起眉頭，顯得不太高興。

「哼，奧里林只會躲在一旁傻看著，不然以往他愛過的那些女人就不會死了，奧里林比妳想像的還更沒用。」

「你不要這樣說他！」我怒斥。

「好了，你們兩個不要在這裡吵架，快走快走。」林小姐出言制止，把我們往門外推。

走出捐血中心的大門，她站在那裡對我們揮手，「尤里西斯，別忘了你說的啊。」

尤里西斯點頭，也對她揮手，然後將保冷箱放回後座。我坐進副駕駛座，繫好安全帶，雙手環胸看向窗外。

他上了車，也繫上安全帶，不發一語地發動車子，再次駛上國道。車內沉默蔓延，像有根魚刺鯁在喉嚨般，令人難受。

我跟一個長生鬧什麼脾氣啊？要是他等等一個不高興扭斷我的脖子，倒楣的還是我……雖然他沒辦法扭斷我的脖子。

我越想越覺得自己太過幼稚，正準備開口講話，手機卻響了起來，是梁又秦打來的。

在這個時間點接起，我怕她會說想來找我，於是我拒接來電，並發訊息告訴她我留在公司加班，正在開會。

「原本想去找妳。」梁又秦回應。

我嘆了一口氣。我有好長一段時間都不會見到她了。

「幹麼不接？」沒想到尤里西斯先開口了。

「喔，也沒什麼。」我把自己的顧慮告訴他，他沒有什麼反應，車內再次陷入沉默。

「所以很多長生會常去捐血中心，和擔任內應的長生拿血袋嗎？」我找了個話題。

「不然妳以為全臺血庫存量為什麼老是告急？」

沒想到尤里西斯也懂得幽默，我忍不住笑了起來。

「那個……我不是故意要說那些話，我想你說的沒錯，就算我眞的遇到危險，奧里林大概也不會出現。」我絞著自己的手指，「其實我越來越沒自信了，奧里林眞的會在乎只是與奶奶長得相像的我嗎？或許最後我們到了南部，也只能無功而返。」

尤里西斯沒接話，我只好閉上嘴巴，又望向窗外。夜空中看不見星星，在奧丁家所見到的銀河好像一場夢般。

「奧里林會來見妳的。」尤里西斯忽然開口，「還有，我剛才也說得過分了，我並不希望妳死。」

我轉過頭看著他的側臉，驚訝地瞪大眼睛。

「以前封允心在我面前的時候，我只想殺掉她，把她當成獵物一樣玩弄，因爲這樣血才會更冰冷。然而如今長得一模一樣的人在我身邊，我卻沒有傷害她的念頭，這不光是由於契約，而是……」

他沒有再說下去，我也沒有問，接著一路無話，但我已經不覺得尷尬。

快要天亮的時候，我們也抵達了南部，尤里西斯再度熟門熟路地開到一間旅館前，不過他猶豫了一下後，又倒車離開。

「怎麼了？」

「我想昆恩他們或許會找到那家旅館，我們去其他家吧。」他轉了個彎，拐進另一條路，此時天色大亮，他的手開始冒煙。

「換我來開，你在冒煙了！太陽明明還沒有完全升起呀？」

「妳覺得我們究竟是怕陽光，還是怕紫外線？」他將車停在路邊，連臉都在冒煙了。

「我哪知道？你先去後座把自己包起來。」

尤里西斯爬到後座，一邊說：「如果是對紫外線過敏的話，那有些燈泡的光不是帶有紫外線？這樣我們也可能會被照射而死。」

「你還有心情講笑話？」我發現他的手逐漸潰爛，臉頰也是，「動作快點！你不痛嗎？」

「今天好像沒那麼痛。」他定定注視著我，我愣了愣，才趕緊用黑布將他蓋起來。

「別說傻話了，先躲好，我馬上找旅館。」我用手機打開地圖找到最近的一間汽車旅館，立刻踩下油門飛快飆過去。

「童千蒔，妳不需要爲我這麼做。」尤里西斯用黑布包住自己，只露出一張臉。

「臉也遮起來，你在潰爛了。」我有些心疼，他俊美的臉龐像被硫酸潑到一樣，逐漸腐蝕。

透過後照鏡，我看見他仍舊凝視著我，於是忍不住在等待紅燈時轉過身，硬是把他的頭壓到黑布裡。

「遮好你的臉！遮好你的全身！」

而他在黑布之中，笑得開懷。

第六章

夕陽逐漸西斜，彷彿火球一般，色澤染橘了整面海洋。
尤里西斯眼中所見的日落，和我眼中所見的一樣嗎？

跟著地圖的指引，我在某個路口轉彎，汽車旅館位於下一條路的轉角。

尤里西斯從剛才開始就沒有說話，從後照鏡可以看到他不斷扭動著身體，渾身冒出的煙更濃了，車內瀰漫著奇怪的味道。

「你再忍一下，快要到了。」我一路上都在對他精神喊話，像是哄小孩似的不斷說著，「尤里西斯，你還活著吧？可以講話嗎？」

車子駛進汽車旅館的車道，我搖下車窗，服務人員走出來，笑容滿面。

「您好，請問休息還是住宿呢？」

「我要待到太陽下山，請給我一個安靜又昏暗的房間。」我說，而服務人員瞄了一眼後座。

「不是屍體，他只是想躲在陰暗些的地方。放心，我沒有犯罪。」我解釋，莫名感到心虛。

「好的，那幫您準備一個暗一點的房間。」服務人員曖昧地笑，交給我鑰匙，並說明房號與位置，我踩下油門往房間所在處的車庫而去。

一開進車庫，我立刻放下鐵捲門，陽光終於被擋在外面。轉過頭，我才發現尤里西斯已經下車了，身上居然毫髮無傷。

「你沒事？」

「我們向來恢復得很快。」他活動肩膀。

「那你剛才怎麼不應我一聲？」緊繃的神經放鬆下來，我瞪了他一眼。

「我會痛啊，如果開口，陽光會燒灼我的喉嚨。」他輕笑，抽走我手中的鑰匙，「我們上去吧？」

「我眞是瘋了。」我忍不住喃喃。

服務人員果然分配了一個昏暗的房間給我們，尤里西斯把外套脫掉，放在一旁的椅子上，而我走到浴室前，發現四壁全是透明玻璃，於是皺起眉頭。這樣我要怎麼洗澡？

話說回來，我和不是男友的尤里西斯頻繁出入旅館這件事，也很詭異就是。

回過頭，只見他坐在床邊玩著手機，我嘆了口氣，覺得自己想太多了。

「我去買點東西吃，你有需要什麼嗎？」根據奶奶的敘述，長生也可以吃人類的食物，只是會覺得噁心而已。

「妳叫客房服務就好了，不知道外面有哪些長生在遊蕩。」他將桌上的菜單遞給我。

「可是現在外面有陽光。」

「妳不也在咖啡廳遇見長生了嗎？陽光的確能燒死我們，但只要避開陽光不到五秒，我們就能恢復。」尤里西斯看著我，「殺死人類則花不到一秒。」

我打了個冷顫，接過他手上的菜單，「我知道了。」

「人類老是肚子餓。」他有些鄙夷，又回到床邊玩手機。

「你覺得跟著我的那個長生會是誰？」

「我不知道，有太多可能了。」

「昆恩和喬伊會不會跟蹤我們？」

「奧里林依然是所有長生的目標。妳想，要是我們能在陽光下行走，當今主宰地球的生物還會是人類嗎？」他笑了一聲，跳起來從保冷箱裡拿出血袋。

將菜單上的餐點瀏覽過一過，我打電話叫了份套餐。尤里西斯慢條斯理地吸著血袋中的血液，模樣莫名優雅。

「不過，你怎麼會知道在網路上寫那篇小說的人是我？你又是怎麼找到我現在住的地方？」我坐到沙發上，他抬頭瞥了我一眼，「我原本以爲你是靠著嗅覺還是什麼超能力，可是在奧丁家的時候，你說過你沒那麼厲害。」

「有懂得駭客技巧的長生存在，只要入侵一下網站後台就行了。長生比妳想像中更能掌握人類使用的工具。」他說得輕描淡寫。

不一會兒，餐點送來，我一面吃著飯糰一面用手機查看臉書，又問躺在床上的尤里西斯：「你該不會也有臉書吧？」

「有爲了玩遊戲而註冊，可是很少用。」尤里西斯歪頭，「現在想認識人類，你們都會先問有沒有臉書，這還眞麻煩。」

「現代人就是先從臉書開始認識彼此。」我將餐點吃完，忽然不知道還能做些什麼，「你不睡覺嗎？」

「等一下吧。」他看了看床邊的時鐘，然後拿起放在電話邊的某個方形包裝的小東西把玩。

「咳，我去洗澡好了。」我突然覺得臉頰有點燙，將餐盤拿到外面的桌子放好後，便匆匆往浴室走去，但看到那透明的玻璃，我的腳步不禁頓了下。

「我對你們人類沒興趣，對我來說只是肉塊淋溼而已。」尤里西斯沒有抬頭，卻知道我在意什麼。

被他如此明確地戳破心中所想，反而讓我有些惱羞，顧慮太多的我簡直像白痴一樣。

「你形容得也太噁心！」我大步走進浴室把門關起來，還是忍不住回過頭，只見尤里西斯背對著我躺在床上，依舊玩著手機。

我嘆氣。如果對長生來說，人類只是食物，那他看我洗澡就好像我們看豬洗澡一樣，不可能有任何感覺吧。

我扭開水龍頭，在浴缸蓄滿熱水，使霧氣附著到玻璃上，這樣從外面應該就看不太清楚了。而後我才將衣服脫去，進到淋浴間裡。

這幾天作息日夜顛倒，令我的眼睛因疲勞而有些酸澀。我閉上雙眼，專心感受著熱水流過肌膚，心想不知道還要多久才能見到奧里林，以及若是昆恩跟喬伊眞的找上門該怎麼辦。

尤里西斯說他不會保護我，他的確沒有義務這麼做，可是他剛才在車上的反應挺奇怪的……

睜開眼，我關掉水龍頭後轉身要拿毛巾，卻發現霧氣繚繞的外頭，有個人站在那裡。

我嚇了一跳，很快發現是尤里西斯，他站在浴室的正中央，面無表情看著我。他待在那裡多久了？他盯著我看多久了？

我無法動作，連伸出手去拿浴巾也辦不到，只能杵在原地，用手遮住身體。

「你、你幹什麼？」

他的目光落到我的臉上，「我上廁所。」

「我還在洗澡，你居然進來上廁所？你懂不懂禮貌……等等，你們長生需要上廁所嗎？」

他沒有移動，也沒有回答，仍然注視著我。

「你出去！」我喊，覺得臉頰的熱度開始升高。怎麼有人這麼流氓？

尤里西斯卻朝我走過來，我幾乎要大叫。他貼在淋浴間的玻璃前，這一次不再只是看我的臉，而是上下打量。

我現在整個人光溜溜的，他到底在做什麼？

「我最後一次警告，你快給我出去！」我怒喊。

他伸手推玻璃門，我死命壓著，但想當然我的力氣怎麼比得過長生？他只消輕輕一施力便將門推開，結果我腳一滑，直接在淋浴間滑倒。

在撞到地面之前，尤里西斯眼明手快地攬住我的腰——嗯，我裸體。

「是妳只要了一個房間。」他低聲說。

「放、放開我！」我驚慌地掙扎。

「放開妳的話，妳就眞的會跌倒了，先站直吧。」他的語氣沒有一絲起伏，黃色的雙眼緊盯著我。

「我站穩了，你快點出去！」我推著他，而尤里西斯隨手拿過一旁的浴巾蓋到我身上。

他往後退一步，瞬間消失在浴室之中，只剩下門板還在那裡搖晃。

搞什麼鬼啊！

他到底怎麼回事？

我氣得要命，同時也羞憤不已，連忙穿好衣服想出去好好教訓他一番。可是我要如何教訓？拉開窗簾讓陽光照死他？

不，如果他被激怒了，吃虧的還是我。

他不是說像在看豬洗澡一樣嗎？怎麼還跑進來！

噢，不對，看豬洗澡是我自己認爲的，但他也說了我就是肉塊啊！

他剛才的眼神根本不像是看著食物，而是……

我立刻搖頭，甩掉自己腦中的想法。別傻了，尤里西斯帶著我是別有目的，他對我絕對沒有那種……

忽然，我的心中閃過奶奶說的話。

長生吸血時常伴隨著性愛，有些長生雖然以殺人爲樂，不過長生並不是不能和人類發生關係。

我渾身起了雞皮疙瘩，看來除了生命安全以外，我還必須擔心其他問題。

可是也總不能永遠待在浴室不出去，於是我推開門，見到尤里西斯已經躺在床上睡覺。我想了想，決定還是暫時離開。

「我要出去，四點多回來。」我抓起自己的背包，也不管尤里西斯有沒有聽到（雖然我知道他一定會聽到），逕自跑出房間，打開鐵捲門後迅速衝出車庫，再放下鐵捲門。

豔陽高照，明明如此溫暖，我還是覺得發冷，心臟跳得飛快。

「以前封允心在我面前的時候，我只想殺掉她，把她當成獵物一樣玩弄，因爲這樣血才會更冰冷。然而如今長得一模一樣的人在我身邊，我卻沒有傷害她的念頭，這不光是由於契約，而是……」

而是……什麼？

我完全靜不下心，待在安靜的書店裡，我卻只想大叫。不行，我不能這樣一個人胡思亂想。

我看看手錶，現在已經是中午，於是我前往有露天座位的咖啡廳，點了餐之後，打電話給梁又秦。

「又怎麼啦？」梁又秦很快接起，從口齒不清的聲音可以聽出她正在吃午餐。

「快給我一點建議。」我扶著額。

「工作上發生什麼問題了嗎？」

「我……我因爲工作的關係認識了一個外國人，他說對我沒有興趣，可是又會講一些奇怪的話。」

「什麼奇怪的話？」梁又秦顯然來了興趣。

「例如……他受傷的時候，看著我說這樣好像就沒那麼痛了，或是說我就像食物……」

「食物？」

啊，糟糕。

「我的意思是……」

「一個男人把女人當成食物，意思很明顯了啊！他想要吃掉妳！」梁又秦興奮異常。

如果可以的話，尤里西斯的確想要吃掉我，不過是眞的吃掉，可不是男女之間打情罵俏的那種吃。

「反正……我說不上來，他原本該是我的敵人。」

「因爲工作上是競爭關係，所以才說是敵人嗎？」

「大概是這樣。」

「工作歸工作，感情也沒辦法控制的嘛！」梁又秦笑了聲，「那妳呢？妳對他有什麼感覺？」

「他不像我聽說的那麼壞，也不像我聽說的那麼不近人情。」我扯扯嘴角，「可是我心中有更想見的人。」

「什麼呀？妳想見誰？」梁又秦好奇地問。

「是一個前輩。我從同事那邊聽說了很多關於他的傳聞，他工作能力很強，也很有魅力，總是有厲害的方法能令客戶對他言聽計從，所以我一直想見他一面。」

以人類世界的說法來修飾，奧里林大概就是這樣吧。

梁又秦在電話那頭沉吟了半天，最後先是嘆了一口氣，接著才說：「妳只是憧憬別人口中的前輩而已吧，真正和妳有接觸的，不是在妳身邊的那個人嗎？」

我內心一震，梁又秦點出了我這幾日以來隱約的不安。

我想見奧里林，純粹是因爲奶奶的故事使我幾乎迷戀起那個男人。

然而這段時間和尤里西斯的相處，卻讓我真正認識了在奶奶的故事中身爲壞人的他。

「我……」

「也許當妳親眼見到前輩，就會明白那只是虛幻的嚮往。」

「但也許我見到他以後，會發現和我所聽聞的一樣，然後……那份嚮往會轉變成……」

「愛情嗎？」梁又秦輕笑，「不管怎樣，妳如果想談戀愛就放寬心去談呀，我們還這麼年輕，不談幾場會讓人受傷到頭破血流的戀愛，人生好像就不夠精采了。」

「我可不想頭破血流。」

也不想像奶奶一樣，花一輩子惦念一個男人。

「真是的，這種事上次見面時怎麼不講？總之，無論如何我都會在，妳隨時電話一來，我就會聽妳說。」梁又秦柔聲道。

上次見面？是指她之前來我家那次嗎？

當時我連尤里西斯都還沒見到，也不可能知道有天居然會對他產生意料之外的感覺。

「謝謝妳，我最好的朋友。」

「少肉麻。」她呵呵笑著，「話說，我最近也有點疑惑。」

「喔？是工作方面還是感情方面？」我閉上眼睛仰起頭，感受陽光的溫度。

「都有吧，各種因素混雜在一起，我甚至覺得自己是不是斯德哥爾摩症候群了，明明恨他，卻又在意著他……」

「這麼複雜？工作上是對手，但情感上無法討厭嗎？」

「大概吧。」梁又秦苦笑一聲，「算了，我的事不重要，倒是妳，如果有任何進展，都要跟我說喔。」

「當然。好好照顧自己，梁又秦。」

「妳也是。」

我們又閒聊了幾句，才結束通話。

聽了梁又秦的看法，我決定暫時放下內心的糾結，一切都等眞正見到奧里林再說。

忽然，我靈機一動，翻找起自己的背包，發現有帶相機。於是我透過手機上網搜尋觀看日落的最佳地點，接著迅速用完餐，叫了計程車前往。

我來到一座山上，在這裡可以望見整片大海。查詢過今天的日落時間後，我便拿出相機擺好位置，靜靜等待。

隨著日落的時刻越來越接近，許多情侶以及帶著腳架的攝影者慢慢聚集，天空萬里無雲，空氣也十分清澈，看樣子應該可以捕捉到美麗的夕陽。

我沒有忘記自己說過會在四點回去，但稍微遲一點沒關係吧？況且這裡人這麼多，長生不可能光明正大地襲擊我。

——雖然他們也可能用極快的速度把我帶走，不被人發現。

以防萬一，我刻意走到人多一點的地方，或許讓旁邊的人對我留下印象會更保險，所以我主動向一對情侶搭話，問他們這邊的日落怎麼樣。

「很漂亮唷，我們每個月都會來看一次。」女孩回答。

「妳是特地來拍日落的嗎？」男孩看了眼我擺在欄杆上的相機，「小心相機別掉下去了。」

「對，我有個朋友一直想看日出，不過我是臨時起意，所以只能拍日落了。」

我一邊調整相機角度，一邊注意周遭有沒有可疑的人。

「哇，一定是妳很好的朋友吧。」女孩說，「還是說，是男朋友？」

「不是啦。」我的心跳漏了一拍，連忙否認。

過沒多久，橘紅色的夕陽逐漸西斜，彷彿火球一般，色澤染橘了整面海洋。這和在奧丁的住所看見的日出很不一樣，可同樣極美，這也是因爲有精靈在的關係嗎？這裡能有多少精靈呢？

尤里西斯眼中所見的日落，和我眼中所見的一樣嗎？

慢慢地，夕陽沉至海面下，我關閉相機，和那對情侶道別後，趕緊往山下跑去。

手機傳來震動，我這才發現尤里西斯發了好幾百封訊息，還打了幾十通電話。我以最快的速度跑到山腳，招手攔了計程車，同時回電給尤里西斯。

「妳這女人！」

電話一接通，他的怒吼隨即響起，我將手機拿遠，計程車司機透過後照鏡瞥了我一眼，我尷尬地笑了笑。

「我在回去的路上了，不要這麼大聲。」我悄聲說。

「天色已經暗了，這種程度的光線，他們將身體包緊就可以活動！妳搞什麼鬼？現在到底在哪裡？」

他聽起來氣壞了，原來長生也會有這麼強烈的情緒。

聽見尤里西斯的質問，司機報了一下目前開在哪條路上，我轉達給尤里西斯，「我在計程車上，很安全。」

「妳一點也不安全。童千蒔，我現在去接妳。」

說完，他掛掉電話。

現在是在演偶像劇嗎？

還有，知道在哪一條路他就有辦法找到我？

車子因紅燈停下，我趕緊傳訊息給尤里西斯，告訴他我快到了，不用跑出來接我。這不是太大驚小怪了嗎？

「男朋友呀？」計程車司機打趣地問。

「不是男朋友。」我澄清，這已經是今天第二個人把尤里西斯當成我的男朋友了。

「唉唷，沒什麼好害羞的，一開始都會說不是男朋友，之後就會變成……」司機的話說到一半，我忽然驚覺有人坐在我旁邊，於是立刻抬頭，只見喬伊對著我微笑。

「嗨。」他露出白森森的牙齒，我反射性看向前方，駕駛座上的人變成了昆恩，而司機的頭歪到一邊，倒在副駕駛座。

號誌轉為綠燈，昆恩踩下油門，哼著歌穿梭在車陣中，配戴皮手套的雙手悠哉轉動方向盤。

「你殺了他？」我顫抖地問。

「妳還有空關心別人呀，童千蒔。」喬伊皺眉。

他們查出我的名字了。

「只是弄昏他。噁，男人的血眞的有夠噁心。」昆恩從後照鏡瞥了我一眼，「相反的，妳的血就很香。」

「所以她眞的長得和封允心一模一樣？」喬伊仔細端詳我的臉，拿出手機拍下照片。

「在我的印象中是同一個長相……不然你把照片傳給薩爾，只有他和尤里西斯見過封允心本人。」

我心一驚。薩爾！

喬伊發送了照片給薩爾，我的心跳加快，喬伊微笑，「妳很緊張？我聽得見妳的心跳變快。」

「看來挖到寶了，尤里西斯也眞是的，居然讓妳一個人在外面行動。」昆恩吹了聲口哨。

「薩爾回覆了！」喬伊喊，我戰戰兢兢將視線轉向螢幕。

「如果想見奧里林，就殺了她吧。」

頓時我的血液彷彿倒流，全身冰冷。

薩爾和奶奶所說的不一樣，他並不站在我這邊，雖然他也沒理由站在我這邊。

「不要殺我！」我大喊。

「尤里西斯帶著妳確實是爲了找奧里林吧？」喬伊將手機收回口袋，看著我問。

「不要殺我！」我再次重複。

「妳如果不回答問題，那我們就眞的會殺了妳喔。」昆恩笑著說，左轉將車開進一條山間小路。

我明白他沒有開玩笑的意思，我的生死也許只在一瞬之間。

「所以，妳是封允心的什麼人？」喬伊又問。

「我是她的孫女。」我絞著手指，窗外一片漆黑。

「哇！人類的血緣眞是有趣，我們長生即便生了孩子，也絕對不會長得跟祖先一模一樣。」喬伊的話讓我一愣。所以長生能生孩子？

「那，網路上那篇小說是妳寫的沒錯吧？」昆恩說我的作品在長生界十分有名，和尤里西斯的說法相同。

「對。」

「爲什麼？」

「因爲我想找到奧里林。」我說。

「所以尤里西斯就找上妳了？」

我點頭，昆恩滿意地透過後照鏡和喬伊對望。

「你們相信奧里林會願意見妳？」

「我不知道，也許會，也許不會。」我咬著下唇，「但是小池說，奧里林已經知道我在找他。」

這句話讓喬伊挑起眉毛，「小池？你們聯絡上小池了？用LINE嗎？」

「怎麼可能？他LINE都不回的，跟奧里林一個德性。」昆恩抱怨。

此刻我沒有心情吐槽，只是思考著說出奧丁的名字到底明不明智，最後還是決定緘口。

沒想到喬伊用力扯住我的頭髮，我脖子一扭，痛得喊了出來：「啊——」

「別想隱瞞任何事情，在殺死妳之前，我有很多方法可以折磨妳。」喬伊的尖牙突出，舌頭舔拭著自己的下唇。

「我們可不像尤里西斯那麼好心……話說回來，他什麼時候那麼好心了？明明不久以前才和我們一起追逐人類啊。」昆恩一副不解的樣子。

「不久以前大概也有一百年了吧，不過說的對，尤里西斯爲什麼沒有傷害妳？這沒道理。」喬伊還是拉著我的頭髮。

「因爲……因爲契約，他答應奧里林，不能傷害我奶奶以及與她有血緣之人。」我痛苦地想扯回自己的頭髮，喬伊瞬間放開，我趕緊綁起頭髮。

「原來如此，看樣子一定是在太陽下被強迫答應的，不然以尤里西斯的個性，怎麼可能和人定契約？眞好啊，不怕陽光的能力，我也好想要。」昆恩羨慕地說，把車子停靠在路邊。

「所以你們怎麼聯絡上小池的？」喬伊將我拉下車，昆恩也從駕駛座下來。

「是……是奧丁……」這句話讓他們兩個停下腳步。

「妳說什麼？」昆恩的藍色瞳孔放大，在夜色之中格外顯眼。

「奧丁，是奧丁聯絡上小池的。」

「不要開玩笑，說謊我也會殺了妳。」喬伊微笑，伸手要碰我，我連忙拔腿往山下跑。

「救命——救命！」我尖叫，卻被用力扯住頭髮往後拽，我瞬間臀部著地，痛得要命。

「我可沒什麼耐性，要是妳再亂跑一次，我不介意等到下一個奧里林在意的人類女性出現。」是喬伊瞬間抓住了我。是啊，我怎麼可能從長生的眼皮底下逃跑？

「乖一點，而且妳最好別流血。」昆恩發出陰冷的笑聲。

我想起奶奶說過，她的血，讓小池都控制不住攻擊了她。

「我……我不會再跑了，可以不要這樣抓我嗎……」

喬伊鬆開手，愉快地說：「我只相信這一次。」

月色皎潔，天空中沒有一點雲朵與星星，他們引領我走進山林。

我嚥了嚥口水，明白自己命在旦夕。

浮現在我心中的，除了在醫院短暫見過的湛藍眼眸以外，就是琥珀般的黃色眼睛。

第七章

「奧里林，救救尤里西斯。」

「她沒說謊，否則不會知道奧丁這個名字。」昆恩認爲。

「也許她聽封允心提過。」喬伊持不同意見。

「但是我相信小池會回應奧丁的訊息。你也知道，只有奧丁那畜生才有辦法找到奧里林。」

「這麼說也沒錯。」喬伊回過頭看著跟在後面的我，「所以妳眞的見過奧丁？他長什麼樣子？」

「你……你們不知道奧丁長怎樣嗎？」奧丁的外型是祕密嗎？

「我們知道，只是想測試妳是否說謊。」他說，我無從判斷他的話是眞是假。

「他……」我猶豫著，下一秒喬伊忽然用力推我，讓我直接往後飛去狠狠撞到一棵樹上，吃痛地喊了一聲。

「我最後一次警告，別想耍花招，我問什麼就回答什麼。」喬伊瞬移到我面前，居高臨下盯著我，那模樣令人戰慄。

我已經痛得發不出聲音，五臟六腑似乎都被這一撞的衝擊力震碎了似的，只能不停顫抖。

「別弄死她了，缺手缺腳的話，奧里林也不會愛了吧。」昆恩竊笑，「而且要是她流血了怎麼辦？」

「那就吃了她。」喬伊舔舔嘴唇。

「奧丁……奧丁是小孩子。」我強忍住背部的疼痛站起來，雖然腳踝也在抽痛，我仍努力不表現出怯懦的樣子。

喬伊回頭和昆恩對視，「看樣子她真的見過奧丁。」

「尤里西斯也一起嗎？」昆恩問。

「對，我們一起去的。」

「時代真的在改變，尤里西斯居然是繼奧里林和小池之後，第一個進入狼人領地的長生。」

「再往高一點的地方，到看得見月亮之處。」昆恩朝前方走去，此時我的手機傳來鈴響，我完全不敢接。

喬伊粗暴地將我往前拉，我一個踉蹌，差點摔倒。

「接呀，開擴音。」喬伊戲謔地笑，手忽然伸進我的外套口袋，手機螢幕顯示是尤里西斯的來電。

「妳和尤里西斯很要好嘛。」喬伊瞇起眼睛，「難道一直追逐著奧里林的尤里西斯，也跟隨奧里林的腳步愛上人類了嗎？」

「你接起來，快點，我真想聽聽尤里西斯緊張的聲音。」昆恩嘿嘿一笑。

喬伊按下接通，並開啟擴音。

「妳到底在哪裡？」尤里西斯氣急敗壞，語氣帶著擔憂，一聽到他的聲音，我頓時眼眶溼潤。

「這裡是山上吧。」喬伊咳了一聲，環顧四周。

「……你把她怎麼了？」尤里西斯沉聲問。

「放心，還活著，只是喬伊剛剛手滑推了她一下，我看腳可能扭到了，不過還好只是扭到，不是斷掉。」說完，昆恩哈哈大笑，喬伊瞥了眼我的腳踝，表示他壓根沒發現這件事。

「你們要是敢對她……」

「你想怎樣？殺了我們嗎？」喬伊尖銳地笑，「我們會比你更快找到奧里林的，大概吧。」

然後他的手用力一揮，把我的手機扔出去，飛了多遠我不知道，但我聽見手機砸到了什麼發出的碎裂聲響。

我連大氣都不敢喘一下，只能眼睜睜看著這一切發生。

「喔，這次換我的手機響了。」喬伊拿出他的手機，好整以暇地點開螢幕，「薩爾問情況怎樣。」

「別告訴他，免得他想分一杯羹，誰知道他到底在盤算什麼。」昆恩擺擺手。

我們繼續朝山上走，抵達一處勉強算是平坦的空地。月光從枝葉的間隙灑落，昆恩與喬伊站在空地的正中央。

「她來了嗎？」

「應該到了。」喬伊四下張望。

誰？還有誰？

「沒想到這麼順利。」樹林裡走出一名婀娜的女人，我大感不妙，是末時。

她的嘴唇塗了大紅色的唇膏，身穿鮮紅的洋裝，黑色長髮紮成馬尾，一手撐在樹幹上，有些慵懶地看著我們。

「其實我們有三個人，直接衝進汽車旅館的話，尤里西斯也打不過我們。」喬伊把玩著手機。

「不，你們不了解尤里西斯爆發起來有多可怕。」末時妖嬈地說。

「怎麼會不了解？我們可是曾經和尤里西斯一起追逐人類呢，他和小孩子一樣，特別喜歡玩遊戲。」昆恩愉快地說。

「你、你們到底要做什麼？」

聞言，末時轉眼移動到我的面前，用力甩了我一巴掌，我被打得趴在地上，痛到眼淚直流，覺得自己的頰骨都要被打碎，而且……我似乎嚐到口中有血味。

「妳是什麼東西，區區低賤的人類也敢待在尤里西斯身邊，還跟尤里西斯同一間房！」末時怒吼。

「都分手幾百年了，妳還念念不忘尤里西斯呀。」喬伊靠著一棵樹，滑起他的手機。

「女人的嫉妒心很可怕的呀。」昆恩笑了聲，「不過話說回來，我們要怎麼逼出奧里林？」

末時揪住我的衣領，將我的臉貼向她。

「如果奧里林確實知道這個人類在找他，那他一定會在附近觀察，或者是派人盯著，所以只要我們開始傷害她，那麼……」笑得猙獰的末時表情忽然一僵，眼神變得迷濛。

我的內心警鈴大作，閉緊嘴巴。她也可以聞到我的血味！

「但如果讓她流血了會很麻煩，一不小心就會……」正朝我們走過來的昆恩也停住腳步，瞇著眼睛仰起頭，「不是說了，別讓她流血嘛。」

「好香呀。」喬伊站直身子，瞳孔放至最大，接著瞬移到我身邊，張嘴就要咬。

「不行。」昆恩快一步推開喬伊，喬伊整個人飛出去撞到一棵大樹，劇烈衝擊令棲息在樹上的鳥兒全部驚飛，樹葉也掉落好幾片下來。

「爲什麼阻止我！」喬伊拱起背，「只吸一口而已！」

「你知道你不會只吸一口。可是怎麼流血了呢？」昆恩的身體微微顫抖，我注意到他一直在吞嚥口水。

「大概是因爲我打了她吧。」末時的臉靠得我很近，她不斷嗅聞著，還伸出舌頭舔了我的頰側。

長生連舌頭都是冰的。

「幹麼這樣，這下該怎麼辦？」昆恩邊說邊死死盯著我，然後伸手觸碰我的嘴角，我看見他的指尖沾到一點鮮血。

「喝了就真的完蛋嘍。」末時嘿嘿笑著。

昆恩一副天人交戰的樣子，看看我的臉，又看向末時，再轉頭看已經回到他身後的喬伊，最後視線落到指尖那鮮紅的液體上。

他緩慢地伸出舌頭碰觸指尖，隨即瞪大眼睛，貪婪地舔拭起手指。

「這麼好喝？」喬伊蠢蠢欲動，接近了我。

「我忍不住了，反正我們也得讓她受傷，才能逼出奧里林不是嗎？那就吸一口，死了就死了，我也很想殺死她啊！」末時興奮地尖叫，她露出尖牙，直接咬住我的脖子。

當尖牙刺入肌膚時，我感受到前所未有的劇痛，下一秒，周遭的世界彷彿起了一層霧，我看見年輕時的奶奶穿著美麗的白紗禮服站在不遠處的樹下，朝我淺淺微笑。

奧里林從另一邊出現，伸手牽起她，尤里西斯則待在樹梢上，琥珀色的眼睛在夜空閃耀。

天空中的星光點點頓時全成了黃色，一切如夢似幻，無比美好。

「我討厭女人的血，可是妳好香、好甜呀！」末時滿嘴鮮血，神情異常興奮，瞳孔放大得幾乎占滿整個眼眶。

「讓開！」

已經忍受不了的喬伊拉開末時，張口咬住脖子的另一邊，在劇痛與暈眩之中，我迷失了一切，只感覺四肢的末梢逐漸冰冷，完全無力掙脫。

我似乎再次看見尤里西斯，在昆恩咬下我的手臂前，尤里西斯轉眼間從後方扭斷了昆恩的頭，末時尖叫，衝過來想抓尤里西斯，但他迅速地回身用力將末時推了出去。

末時往後疾飛，撞倒了好幾棵大樹，而喬伊還沉浸在我血液的香氣裡。尤里西斯想趁機抓住他，不過喬伊用更快的速度繞到我身後，掐緊我的脖子。

「來呀，我會殺了她。」

「你不是要找奧里林？」尤里西斯眉頭深鎖，盯著我不斷湧出鮮血的脖子，我的衣服已經被染溼一片。

「不重要了，這血這麼香甜、這麼芬芳，先吸乾了比什麼都重要。」喬伊伸出舌頭舔著我的脖頸。

就在這個瞬間，尤里西斯拉過我的手腕，將我摟至懷中，並立刻使用「跋」高高跳起，導致衝回來的末時狠狠撞上喬伊，兩個人都痛呼一聲。

「逃啊！你逃啊！我不信你抗拒得了那血的香味，只要她還在流血，我們就找得到她！」末時尖叫。

在夜空中被尤里西斯抱著飛躍，不知怎地，讓我想起那天在醫院裡，看見奧里林抱著奶奶離開的畫面。

「只是我穿的是紅色的禮服……你最喜歡的顏色。」我嘿嘿笑著，因爲被吸血的關係，我的神智依舊迷濛，身子輕飄飄的。

「妳給我閉嘴，童千蒔！」尤里西斯顯然非常生氣。

見他這樣，我笑得更開心了。

「你也會生氣呀，不是說……長生沒什麼感情嗎？我看你情緒起伏滿大的啊……還偷看我洗澡……你這個變態、變態！」我用力打著他，也不知是哪來的力氣。

「不要鬧！童千蒔，會掉下去！」他吼，我們正逐漸往下降，當他的腳尖踩到樹頂時，又會稍稍提升高度。

奶奶說過，跋對長生來說不是飛行，而是像跳躍一樣，只是滯留在空中的時間比較長。每個長生能停留於空中的時間長度不一定，其中又以奧里林最爲出類拔萃。

「你會想吸我的血嗎？」我注視著尤里西斯俊美的側臉，伸手觸碰了他。

「我不能吸妳的血，而我第一次如此感謝契約的存在。」

對他來說，我的血液不只有香甜的味道，還帶有強烈的契約警告。

不得傷害封允心，以及與她有血緣關係之人。

「妳到底、到底爲什麼晚回來？我明明跟妳說過外面有多危險！」尤里西斯氣得始終沒正眼看我，「我原本以爲綁走妳的只有昆恩和喬伊，沒想到連末時也有份，能一瞬間解決昆恩是運氣好，可是還剩下末時和喬伊，我……」

我們再次下降，已經可以看見人類所居住的房舍。

他抱著我來到公園裡的洗手臺前，用手帕沾水幫我擦去脖子上的血跡，接著從我的背包拿出乾淨的衣服後，他便直接撕碎我那染血的上衣。

「你做什麼！」我稍微恢復神智，慌張地喊。

「現在是扭扭捏捏的時候嗎？他們有兩個，要追上我們不用多少時間！」他將乾淨的衣服套到我身上，「我怕我沒辦法保護妳。」

我咬著下唇，有什麼感覺在內心發酵與蔓延。

「我……因爲……」我從背包裡拿出相機，播放日落的影片給他看，「我想讓你看這個。」

尤里西斯瞪大眼睛，相機裡日落的影片把周遭的聲音也錄進去了，不時傳來幾句我與一旁那對情侶的對話。

「妳眞有心。」女生說。

「只是想讓他看看。」當時我有些難爲情。

夕陽將海面染成一片橘紅，不少人發出讚嘆的聲音，而我對尤里西斯說：「螢幕有點小，沒有在現場看來得震撼，不過你總歸是沒看過，所以我才特地去錄了這個。」

尤里西斯關掉相機電源，語氣僵硬地說：「我看過網路上所有日出和日落的影片，都比這個美多了。」

「你爲什麼要這樣說話！對，我就是笨，才會爲了錄這個不夠美的日落，讓我們都落得遭遇危險的下場。」我覺得很委屈，一把搶過相機收到背包裡，尤里西斯卻拉過我的手，將我緊緊抱住。

冰冷、堅硬，沒有呼吸和心跳，然而我竟在他的懷中感受到激動的情緒。

「尤里西斯……」我輕喚他的名字，他的手掌放在我的背上，沿著脊椎往下滑去，我喊了聲痛。

「除了咬妳以外，他們還傷到妳了？」他往後退開，琥珀色的雙眼打量著我。

「我撞到樹幹，還有臉也……至少沒死就好了。」這時我才覺得自己的背部以及腳踝都很疼，脖子上的傷口也隱隱作痛。

「只有奧里林才能治好這些傷……」尤里西斯心疼地摸過我的傷口，以及我的臉頰。

我們四目相對，氣氛一時顯得有些危險。

「搞什麼搞什麼！尤里西斯，不要告訴我你愛上了這個人類！」末時的高亢聲音倏地傳來，我們兩個往旁邊看去，喬伊和末時滿嘴是血地站在那裡。

「你居然殺了昆恩！」喬伊看起來氣壞了。

「躲到我後面。」尤里西斯低聲說，把我往後推。

「躲到你背後又有什麼用！」喬伊衝了過來，尤里西斯迎上並出手攻擊，但喬伊俐落閃過，下一瞬便到了我面前，伸手朝我的脖子襲來。

尤里西斯很快折回，將喬伊往後一拉，我都還來不及退開，他們已經又扭打在一起，那速度太快，肉眼根本追不上。

「你們剛才摟摟抱抱的是怎麼回事？難道是真的？尤里西斯真的愛上妳了？」末時筆直走向我，她惡狠狠地瞪著我，眼睛彷彿能噴出火。

「不要動她！」尤里西斯拉住末時，可是喬伊立刻跳到他的背上，用雙臂勒住他的脖子，尤里西斯悶哼一聲，好不容易才掙脫喬伊的束縛。

「妳……尤里西斯會死的！」我對末時大叫，尤里西斯獨自面對兩名長生，實在是太勉強了。

「我才不在乎，要是尤里西斯不愛我的話，那我得不到的，別人也休想得到！」末時擦掉眼角的淚水，往我這裡撲來。

「不要！」我轉身朝別的地方跑，可是末時的速度更快，轉眼便站在我的前方，對我微笑。

「想跑到哪去？」她雙手掐住我的脖子，力道之大令我無法呼吸，「這樣不行，至少也得吸乾妳的血。」

她再度張口咬住我的脖子，這一次我感受到的不是迷茫，而是強烈的劇痛，她咬掉我脖頸上的一塊肉，鮮血如噴泉般瘋狂湧出。

我就要這樣死了嗎？

我用手摀住傷口，但徒勞無功，血液流失的速度太快了。末時的雙眼瞳孔再次放大，她興奮極了，一旁打鬥的尤里西斯和喬伊停下動作。

尤里西斯瞪大眼睛，驚恐地奔至我身邊，「童千蒔！」

而喬伊舔著噴灑到地面上的血，接著跳起來撲向我，尤里西斯馬上在空中制住他，兩個人一起重重摔下，在地上翻滾了幾圈。

「讓我殺了妳、殺了妳吧！」末時含住我的傷口，我幾乎要暈死過去。

「童千蒔！」尤里西斯急喊，他將喬伊從中間撕成兩半，在四濺的鮮血之中衝來，他想拉開末時，末時卻緊咬著我的脖子。

「放開童千蒔！末時，放開她！」尤里西斯大喊，「不要逼我殺妳！」

末時鬆口，嘴上滿是鮮血，噙著眼淚看他，「你要爲了一個人類殺我？你曾經、曾經那麼愛我，如今居然爲了低賤的食物要殺我？」

「那已經是好幾百年前的事。」尤里西斯再次伸手要拉末時，末時忽地發瘋似的咬向尤里西斯。

也許尤里西斯並未料到末時會攻擊他，所以來不及反應，手臂就這樣被咬下一塊肉。他痛得大叫，末時沒有停止攻擊，又跳到尤里西斯的背上咬住他的脖子。

「得不到你就毀了你！」她瘋狂地笑，雙手插進尤里西斯胸前。

尤里西斯痛苦地吼叫，始終甩不開背上的末時。

我不知道長生的弱點是哪裡，也許是心臟、也許是頭部，總之我現在什麼忙也幫不上，然而渾身浴血的我仍是朝尤里西斯伸出手。

救命、救救我們……

誰能救救我們？

我開口，想呼喚奧里林的名字，卻一個字也說不出。

忽然，強光乍現，尤里西斯和末時都淒厲地尖叫，而末時更是瞬間逃竄。我看見他們的身上冒出白煙，空氣中瀰漫著微妙的燒焦味，和之前在車內尤里西斯冒煙時，我所聞到的味道一樣。

太陽還沒升起，爲什麼會出現長生所懼怕的陽光？

皮鞋走在路面上的聲音迴盪，不疾不徐，還有另一個較爲急促的腳步聲奔了過來。

「千蒔，妳看起來眞糟糕。」頭戴貝雷帽，穿著卡其色短褲的小池說，他的鼻子用夾子緊緊夾了起來，「眞是太多血了，妳還活著吧？」

我沒有回答，只是愣愣望向小池身後。

那個男人身披斗篷，全黑的服裝也無法掩去他超脫塵世的氣息。

和我在醫院所見的一樣，他如此虛幻，於月光之下，那銀色頭髮隱隱閃爍著細碎微光，湛藍的雙眼美得彷彿不是人間該存有的。

和我記憶之中不同的是，他的眼神冷若冰霜，看著我的樣子彷彿將我當成一個麻煩人物。

然而我忘不了他當時注視著奶奶時，眼中所蘊藏的愛戀。

多麼深沉、多麼悲痛，又多麼動人。

「奧里林，救救尤里西斯。」

在昏倒以前，這是我說的最後一句話。

我想過好幾次，當遇見奧里林的時候，我該說些什麼？

「奧里林，我要跟著你走。」

還是——

「我和奶奶不一樣，我絕對不會離開你，無論你如何傷害我。」

或是——

「我會拯救你的心。」

無論是哪一句話，都顯得太過矯情，也太過刻意。

怎麼聽都像倒貼的女人，最後一句的說法甚至有些自視甚高。

在我的內心深處，其實不覺得能夠很快見到奧里林，就如同我也沒料到自己真的會遭遇危險。那種血液瘋狂流失的感覺，令人感到絕望和深深的恐懼。

我想不到會在這種情況下與奧里林相遇，也想不到，我對奧里林說的第一句話，竟是請他救尤里西斯。

我彷彿在海水中漂浮，身體異常輕盈，整個人飄飄然的。香甜的氣味將我包圍，我覺得自己像是躺在溫暖的被窩裡。

張開眼睛，我發現自己確實躺在一個陌生的地方，四周有一些奇怪的裝飾品，類似牛頓擺的東西放置在一旁，似乎才剛剛被動過，五顆球之中最左側的那顆敲擊向旁邊的球，令最右側的球跟著擺動，接著敲回去，如此不斷往復。

我茫然地轉動眼珠子，只見有個人背對著我。視線移到上方，一袋紅色液體掛在點滴架上，我這才注意到手臂上插著管子。

「千蒔，妳醒過來了嗎？」小池手裡不知端著什麼，靠近我的床邊。

我想問他尤里西斯還好嗎？我們安全了嗎？現在在哪裡？

奧里林還在嗎？

但什麼都來不及問，我便再次閉上眼睛。

等我完全清醒後，已經又過了一天。我真正醒來的時候是白天，窗外溫暖的陽光直接照進屋內，在床腳投射出斑斕的光影。

我坐在床上，環顧臥室。

這裡比當初奧丁爲我準備的客房還要大，裝潢是巴洛克式的風格，既誇張又華麗，床鋪也是超大尺寸，放了好幾個柔軟的枕頭。

點滴裡的液體已經換成葡萄糖之類的，不再是血液了。

我的斜前方有張大桌，桌面中央的花瓶插了一束新鮮的粉色玫瑰花，而旁邊是張設計典雅的梳妝臺，緊鄰的白色衣櫃則是三開式的。如此富麗堂皇的地方，讓我頓時意會不過來自己在哪裡。

「千蒔，妳這次是真的醒了吧？」房門開了一條小縫，我轉過頭，見到小池探出半張臉。

「我、我……」心中有太多疑問，我卻擠不出半句話。

「陽光太強了，我沒辦法進去，如果妳可以走動的話，能幫忙把窗簾拉上嗎？」小池說。

「好，沒問題。」我拉開棉被，發現自己穿著絲質睡衣，頓時怔了一下。

「是我幫妳換的，別擔心。」

我無言以對，小池所謂的「別擔心」是什麼意思？但現在不是在意這種事情的時候。

我推著點滴架來到窗邊，由於窗簾有些厚重，拉繩的位置又略高，因此我抬手用了點力將窗簾拉上，導致血液倒流回點滴之中。我嚇了一跳，連忙轉過頭去看小池的反應。

「別擔心，在管子裡不要緊。」他明白我在擔憂什麼，「還有另一邊，麻煩妳了。」

我走到另一道落地窗前，同樣把窗簾拉上。一拉起窗簾，臥房內頓時陰暗許多，看樣子這是特製的窗簾，可以擋去陽光。

「太好了，這樣子我就可以進來了。」小池面帶笑容，手裡端著熱騰騰的餐點，放在床鋪前方的大桌子上，「妳已經快兩天沒吃東西了，想必很虛弱吧，這是我特製的精力粥！」

說完，他東張西望，「妳要在哪裡用餐呢？是要在床上，還是要在這張桌子？」

「我在這張桌子吃就好。」

「好的。」小池拉開椅子，我猶豫了一會才走過去坐下。

「請小心燙口，建議妳先喝點熱湯，再慢慢地吃粥。」

鑄鐵鍋裡盛滿白粥，除了細碎的芹菜及海苔以外，還加入了切細成絲的鮑魚和蛋花，旁邊附有蘋果泥與一碗清湯。

「請妳將手伸出來。」

我依言伸手，小池翻過我的手掌，輕柔地將手背上的針拔除。

「那有血……」

「一點點的血已經沒有辦法影響我了，雖然妳的血真的很香，不過我能克制。」小池驕傲地說。

他在我的手背貼了塊紗布，催促我快點喝湯，而後他迅速地離去又返回，手裡已經多了一杯用水稀釋過的運動飲料。

我捧著那碗湯，小口喝下，感受到五臟六腑都溫暖起來，下一秒，我的眼淚湧了出來。

「千蒔，妳沒事吧？」小池歪頭。

「我只是覺得……還活著眞是太好了。」我誠摯地說，擦乾眼淚。

「是呀，能活著眞是太好了！」

「小池，我有好多問題。」

「我都會回答妳的，所以請先慢慢地吃完這些東西吧。」

據小池所說，我昏睡了將近兩天，奧里林以特殊的能力治療我，讓原本早該死絕的我撿回一命。他令我的傷口癒合，使血不再流出，並且將自己的血液咬進我的體內，如同過去他救奶奶那樣。

接下來我需要的是休息，讓身體自行復原，奧里林用儲備的血袋爲我輸血，也打了營養針，見我氣色好轉之後，便把我交給小池，要小池隨時留意我的狀況。

「我大概每隔一個小時就會進來看妳一次喔，先前妳醒來過，我當時正想拿棉花棒沾水幫妳潤潤嘴唇。」小池說。

我吃著蘋果泥，小心翼翼地問：「尤里西斯呢？」

小池皺眉，看起來很困擾。

「他……他還活著吧？」我忍不住緊張。

「我眞不明白，千蒔妳爲什麼會和尤里西斯一起行動呢？」

我沒有回話，小池又說：「尤里西斯的行爲也令我費解，他應該會殺了妳才對，怎麼會帶著妳走這麼長的一段時間？」

「因爲契約的關係，他沒辦法殺我。」這是最初的理由，但我覺得，如今即使沒有契約，尤里西斯也不會殺了我。

「我都忘了，他和奧里林先生定過契約。」小池點頭。

「那他還活著嗎？他爲了救我……」

「我也沒想到千蒔妳會這麼擔心他，在允心小姐的故事裡，尤里西斯是個可惡的混帳呢。」

我咬著下唇，「我知道，但是……」

「放心吧，尤里西斯還活著，慈悲的奧里林先生救了他。」

聽聞這個消息，我的眼眶再次泛淚，緊繃的神經一下子放鬆了。他還活著，眞是太好了，活著就好。

「那他在哪裡？」我追問。

小池一臉鄙夷，「我們當然不可能帶他來這，這裡可是奧里林先生的家呢。」

我一愣，環顧四周。這裡是奧里林的家？

「是他真正的家？不是藏匿眾多女人的那種臨時住所，而是真正的家？」

「是的，連允心小姐都只來過短短的幾個小時，千蒔妳是第一個待在此處這麼久的人。」小池微笑。

「那尤里西斯去哪了？」

「長生恢復的速度很快，還在那個公園時他就已經復原了，不過奧里林先生的施捨令他很不愉快。」小池再次蹙眉。

「怎麼了嗎？」

「他想帶走妳，可是根據我得到的消息，妳不是讓他用來引出我們的人質嗎？」

我沉默不語。

「奧里林先生攔住了他，問他帶走妳的話，該如何治療妳？說真的，當下若不是有奧里林先生的治癒能力，千蒔妳必死無疑。」小池嘆氣，「結果尤里西斯聽奧里林先生這麼說之後，就往後退了一步，任由奧里林先生抱起妳，這也令我匪夷所思。妳是人質，他應該搶走妳，然後逼奧里林先生交出他想要的東西才對啊！」

彷彿有什麼東西重重壓在胸口上，讓我難以呼吸。

「所以，尤里西斯究竟去哪了？」

「我不知道，他站在原地看著我們離開。」小池停頓了一下，「他拿走了妳的背包，奧里林先生認爲妳不會需要那些東西，並沒有阻止。」

我的內心有種難以言喻的空虛感。就這樣嗎？尤里西斯就這樣走了，我的手機也沒了，我再也見不到他了嗎？

小池凝視我許久，才緩緩開口：「我原本不相信。」

「不相信什麼？」

「奧里林先生說，尤里西斯愛上妳了。」

我瞪大眼睛，下意識否認，「不，怎麼可能！」

「我們都看見了，尤里西斯抱住妳的那個瞬間。」小池站直身子，「能讓討厭人類的尤里西斯愛上妳，千蒔，妳果然很不一樣。」

「我、我沒有……」

「所以千蒔，妳還記得我說的那句話嗎？」

我看著小池黑色的雙眸，嚥了嚥口水，「記得。」

「請妳，拯救奧里林先生。」

「我覺得，千蒔小姐您做得到。」

他改變了對我的稱呼，恭敬地朝我俯身，鞠躬。

第八章

寂寞不知道能不能習慣？

不再寂寞之後，如果再次變得寂寞，又是否還能承受呢？

加上昏迷的那兩天，我待在這邊大約有一個禮拜了。小池不分晝夜盡心照顧我，所以我很快便恢復精神，也感覺前所未有的安全。

但我沒再見過奧里林，也沒再聽到尤里西斯的消息。

小池說，在這棟屋裡我哪裡都能去，就是不能去最西邊的兩個房間。不過我連西邊是哪個方向都不知道，更別說誤闖了。

況且，屋子這麼大，我花一個禮拜都還不見得能探索完。

大多數時候我都待在這間臥房，有時會打開窗戶透氣，或到陽臺晒晒太陽、看看書，幾乎是在過退休般的生活。

可是，我已經快受不了這種形同被軟禁的生活，連離開這棟房子都不行，理由是危險。

「所以現在我變成奶奶第二了嗎？」我氣得對小池說。

「當然不是，兩位長相雖然一樣，可是個性截然不同呢。」小池輕笑著爲我倒茶，「況且允心小姐脂粉未施，千蒔小姐的妝感卻很重。」

「哪裡重，只不過上了隔離霜和粉底！」我反駁。梳妝臺上放滿我慣用的保養品和化妝品，不用也可惜。

「在我們長生眼裡看來很不一樣，我們看得見許多人類看不見的東西。」小池將熱茶擺到我面前，還送上英式下午茶中常見的三層點心架，由下往上分別是三明治、司康、小蛋糕跟水果塔。

「奧里林去哪了？他不打算見我嗎？」

「奧里林先生其實都有返家，只是沒來與您見面。」小池聳肩，「您不要著急。」

「我怎麼能不著急？你們長生沒有時間觀念，等奧里林下次想起我的時候，說不定我都三十歲了！」我氣呼呼地說。

小池忍不住笑了，「所以說，您眞的和允心小姐完全不一樣。」

「人類的壽命短，觀念改變得也快，女人安安靜靜在家等待的時代已經過去了。」我哼了一聲蹺起腳，拿起三明治一口吃下。

「雖說過去時代的女人比較文靜嫻淑，但現代這種做自己的女性我也不討厭。」小池又接著說，人類社會的變遷無論怎麼觀察都不會膩，還表示手機與電腦、網路是他認爲最棒的發明。

「說到手機，我的手機被砸壞了。」這麼重要的事我居然現在才想到，整整一個禮拜都沒有跟家人聯絡，他們該不會報警了吧？

「奧里林先生已經幫您準備了新的手機，只是以防萬一，所以才一直沒有交給您。」

「以防什麼萬一？」我狐疑地問。

「以防尤里西斯與您聯絡之類的。」小池扯扯嘴角。

「他不能與我聯絡嗎?」

「百年以來,尤里西斯的目的始終都是奧里林先生的性命,並意圖奪取些什麼,我們不能冒這個險,這裡是奧里林先生最後的堡壘。」小池嚴肅地說,「所以請您見諒,我們並非將您囚禁在此,只是我們無法承擔任何損失。」

我能理解,卻沒辦法要自己體諒。

「可是我想見奧里林,請你轉告,我們人類時間不多。」我說。

「我會轉達的。」小池恭敬地頷首,「容我小憩半刻。」

「快去休息吧,你不分日夜照顧我,就算是長生,身體也不是鐵打的。」

對於我使用的形容詞,小池似乎感到十分新鮮,笑了幾聲後退出臥房。

我拉開窗簾,讓陽光肆意灑落在房內的每個角落。時間大約是下午三點,我吃完所有點心,真心覺得憑小池的手藝能開一家餐廳了,我絕對很樂意天天光顧。

而後我起身,決定四處走走。

這棟屋子有許多房間,但我始終不知道奧里林和小池的房間在哪裡。既然小池說我可以隨意進去任何一間,只有西邊的兩間不行,那麼他們的臥房一定不在附近,才能讓我隨意參觀。

根據以前看過的吸血鬼小說以及電影，我猜想這裡大概還有地下室之類的地方，他們就睡在那吧。

雖然不知道房子的外觀是什麼模樣，但屋內的華麗裝潢和挑高的天花板都讓我感覺彷彿來到歐洲的城堡。走廊邊的窗簾全被拉上，令屋內昏暗無比，不過現在小池不在，拉開應該也沒有關係。

牆壁上有個開關，小池說過，只要按下就能同時控制走廊和大廳的所有窗簾，不像房間裡的必須手動拉。

我按了開關，窗簾果然頓時全部打開，陽光照進整間屋子。

從旋轉樓梯緩步走下，眼前的畫面讓我想到《美女與野獸》裡的場景，站在樓梯的第二層平臺，我俯瞰著無比豪華、卻了無生氣的大廳。

也許很久以前，許多長生都會聚集在大廳中跳舞、宴飲，然而如今只剩下奧里林和小池。

在小池來到奧里林身邊前，奧里林一個人在這空蕩蕩的屋裡待了多少歲月？

寂寞不知道能不能習慣？

不再寂寞之後，如果再次變得寂寞，又是否還能承受呢？

即便是尤里西斯都渴望親眼目睹日出日落，那麼情感更豐富的奧里林，他又渴望著什麼？

我步下樓梯，朝左邊走去，空間非常寬敞的廚房映入眼簾，足夠容納五、六個廚師同時工作，卻永遠只會有小池一個人在。

我打開冰箱，裡面放滿了食材。只有我一個人類，準備這麼多做什麼？想著想著，我不禁笑了。

離開廚房，我繼續隨意走走，也嘗試去開啟大門，但門被反鎖了。我氣得踢了一下門板，結果反而讓自己的腳痛得要命。

我繞到窗戶邊，想確認房子坐落在什麼地方，只見四周都是樹林。也許長生特別喜歡樹木？在奶奶的描述中，許多事情也都是發生在樹林裡。

接著，我尋找通往地下室的樓梯，因此在某道樓梯邊發現了一扇小門，然而門也上鎖了。奧里林和小池的房間可能就在這扇門後？

我又想起小池一再叮嚀，不能進入西邊的兩個房間。

或許那就是他們的房間，他怕我白天亂探看，讓陽光照射進去？

但奧里林不怕陽光，而且既然他不怕陽光，代表他有很多時間可以來見我，那他爲什麼避不見面？

好，如果他不主動找我，就由我去見他。

我下定決心，打算去西邊的房間看看。

以我的房間爲基準，我回想著平常是在哪個方位看見日落，藉此推測出西邊的方向。

走過一條很長的走廊，我看見底端的兩側分別有兩扇門。門縫底下都有陽光透出，可見不會是小池的房間，那麼就有可能是奧里林的房間了。

我先輕輕敲了敲左邊的房門，沒有任何動靜，於是我更用力地又敲了幾下，依舊毫無回應。

或許他不在，也或許不是他的房間。

小池告誡過不能進去，我卻還是來了。雖然明白這種行爲十分失禮，不過說不定我就是該這麼白目，才能見到奧里林。

所以，我直接壓下門把，房門居然並未上鎖。

我只猶豫了一秒，便輕手輕腳推門而入。

房內四扇窗戶的窗簾都是拉開的，從乾淨整潔的擺設可以看出時常有人在整理，陽光充盈，讓這個房間溫暖無比。

我注意到，這是一個小孩的房間，或是兩個，因爲有兩張床，一張是藍色、一張是綠色，樣式很簡樸，不像其他房間的床那麼誇張華麗，桌椅也只是以一般的木頭製成，旁邊放著一些看起來非常古早的玩具，而書桌上有好幾本書籍。

我好奇地翻了幾頁，卻看不懂裡面的文字，隨後我在房內轉了一圈，似乎沒什麼特別的。爲什麼禁止進入呢？

難道……奧里林曾經有過孩子？

這是他的孩子的房間嗎？

若是如此，就能解釋爲什麼他不准別人擅闖了。

頓時，我有種奇怪的感覺，稱不上是傷心，只是彷彿有什麼卡在胸口。

我退出去關上門，走向右邊的房間，深吸一口氣後敲了下門板，一如預料無人回應，所以我再次壓下門把，也輕易打開了。

這個房間比剛剛那間大些，同樣是所有窗簾都拉開，不過房內的擺設精美許多，是熟悉的巴洛克式風格。

梳妝臺上放了許多化妝品，衣櫃的門敞開，裡面的衣物皆是女性的款式。

我的視線落到一旁的衣帽架，男用的帽子以及風衣掛在上頭，我正在想這到底是誰的房間，一轉過身，便看見床鋪所靠著的那面牆有幅肖像畫。

銀髮綠眼的男人嘴角微微上揚，身穿十九世紀時期的紳士服裝，白色襯衫外搭一件剪裁合身的背心，並配上黑色外套；在他身邊微笑的女人則擁有一頭漂亮的棕色波浪長髮，藍色眼睛笑彎如新月，穿著華麗的金色洋裝，兩個人的手都放在站在他們中間的小男孩肩上。

男孩面帶靦腆的微笑，站得筆直，銀白色的頭髮遺傳自父親，湛藍的雙眼遺傳自母親。

是小時候的奧里林。

喬伊曾說，長生所生下的孩子不會和祖先長得一模一樣，也就是說，女長生確實能夠生子？可是奧里林是混血，他的父母之中也許有一個是狼人，甚至是人類？

無論是長生還是狼人，都近乎長生不老，所以奧里林的父母在哪裡呢？

從這個房間呈現的狀態來看，應該很久沒有人使用了，可是卻有一種奇妙的違和感。

有幾罐保養品的蓋子沒蓋上，衣櫃大開，床單也並不平整，不像其他房間那麼井井有條，就好像是……

我走向梳妝臺，拿起其中一瓶保養品，瓶身標示的製造日期年代久遠。整個房間彷彿停留在最後被使用的那天，時間靜止了。

旁邊的書櫃裡陳列著許多古舊的書籍，我注意到其中有一本相簿，於是想也沒想便拿下來。

打開相簿，裡頭滿滿的全是奧里林與他父母的家庭照。

看樣子，他的母親很可能是人類，有許多在陽光下拍攝的照片，而他父親的照片背景都在屋內，或是夜晚的街道上。雖然他母親也可能是狼人，不過畢竟雙方是宿敵，相較之下，人類對長生來說接受度應該高多了。

照片裡，奧里林從小嬰兒的模樣逐漸變成約莫七、八歲的孩子，我一邊看著，臉上不自覺露出笑容。原來長生也是從小慢慢長大的，是到二十幾歲左右就停止成長了嗎？

仔細想想，我所遇過的長生外表年齡好像都差不多，但他們的實際年紀應該多半有幾百歲了。

翻開下一頁，我發現整頁全是空白的。

照片被收到別的相簿裡了嗎？

我抬眼掃過書櫃，不見其他相簿，於是我將手中的相簿翻至最後，仍沒再看到任何照片。

怎麼會這樣？

忽然，我覺得自己好像真的闖進了不該闖的地方，隔壁的房間應該不是屬於奧里林的孩子，而是屬於曾經是孩子的奧里林。

可是有兩張床，難道奧里林有兄弟姊妹？

照片裡面並沒有另一個人的身影。

消失的父母、神隱的兄弟姊妹，這大概就是奧里林的祕密，而我擅自觸及。

我將相簿放回書櫃，再次環顧房間，確認自己沒有弄亂任何東西，才輕輕帶上門離去。

將屋裡所有的窗簾拉起，我返回自己的房內，等待黑夜來臨。

洗完澡、卸了妝，我坐在臥房的窗邊看書。當夕陽西沉，天色逐漸暗下，星星都探出頭來之後，小池來到我的房門外輕敲兩下門板，端了晚餐進來。

「今天是酥皮濃湯和蕈菇焗飯，搭配燻鮭魚沙拉，還有現榨的番茄汁跟柳橙汁喔。」小池得意地把餐點擺到桌上。

「小池，你們長生不是嚐不出味道嗎？為什麼你做的菜會這麼好吃？」我馬上吃了一口焗飯，感受到起司的香氣在嘴巴中擴散。

「這大概就是所謂的天分吧，我其實很想去上課精進廚藝，但是奧里林先生不允許。」小池苦惱地說。

「是呀，你之前跟我提過。」我失笑。

小池正要說話，卻忽然轉過頭，下一秒，我的房門被用力推開，奧里林滿臉怒氣站在那裡。

「奧里林先生。」小池驚訝地看了看奧里林，又看了看我，「我先離開。」他彎腰鞠躬，轉眼間退到房門外，還把門也關上。

奧里林站在原地，今天他沒有穿斗篷，不過依舊一身黑。他的表情使我明白，他一定發現我進去過那兩個房間了，但我故作鎮定，「你終於願意見我了。」

「爲了讓我來見妳，所以妳才去了妳不該去的地方？」奧里林的聲音很低，帶著怒意。

「這裡也不是我該來的地方。」我不服氣地說。

「若不是我救了妳，妳早就死了！」他吼回來。

他的脾氣怎麼好像比尤里西斯還要差？

「我指的是這個世界。如果不是踏入長生的世界，我也不會遇到危險！」我大聲回敬。

「是妳自己踏入的！」奧里林湛藍的雙眼瞠大。

「不！是你讓我踏入的！」我可不會被他嚇著，「你要奶奶壽終正寢、要她生兒育女，就注定了讓我踏入這個世界！」

他一愣，隨即搖頭，「我沒料到妳們會長得一樣。」

「就像你也沒料到奶奶會告訴我、沒料到我會把故事寫成小說在網路上發表、沒料到自己根本忘不了奶奶！」

奧里林不可置信地看著我的臉，接著撇過頭，「妳跟她一點也不像。」

「當然不像，我和封允心是不同的人。」我喘著氣，覺得自己眞是好大的膽子，居然敢和長生吵架。

「妳不該來。」

「是你帶我來的。」我嘆了口氣，「我承認是因爲聽了奶奶說的故事，令我很想見你一面。我好奇這一切、好奇爲何奶奶花了一生去愛你，我想親眼看看。」

他沒有作聲。

「你把奶奶埋在哪裡？」

「在一個適合她的地方。」

我冷笑，「埋在和那些你愛過的女人們一樣的地方嗎？」

他對我的語氣感到不滿，狠狠瞪了我，「我沒有義務保護妳，妳可以走了。」

「你把我囚禁在這裡，不給我手機、不讓我出去，現在又說我可以走了？」

「妳簡直不可理喻！」他轉身，「小池！把手機給她！」

下一秒，小池出現，奧里林的大發雷霆似乎令他很驚訝，不過他還是將手機交給我。而奧里林走出房間，皮鞋踩在地毯上雖悄然無聲，我卻可以感覺到他的怒氣未消。

「哇！千蒔小姐，您眞是太厲害了！」小池的雙眼閃閃發亮，「我從來沒看過奧里林先生發這麼大的脾氣！您居然可以惹怒他、使他露出那樣的表情，您果然很特別！」

「惹人生氣我向來很有辦法。」我檢視著小池給我的手機，與我先前使用的是同款。開啟螢幕，連所有慣用的應用程式都在，簡直是一模一樣。

「奧里林先生很貼心，複製了您原有的資訊，所以這支手機跟您之前所持有的完全一樣喔。」

「個資法……」我忍不住小聲叨念。

「對了，焗飯涼掉就不好吃嘍，快點吃吧！」小池提醒。

「嗯。小池，可以暫時讓我一個人嗎？」

「……千蒔小姐，請您不要告訴尤里西斯這邊的位置。」

「我連自己在哪裡都不知道。」我有點無奈。

小池只是微笑，依言離去。

我點開LINE，意外發現沒有多少未讀訊息，難道爸媽都不擔心我嗎？直到點入跟媽媽之間的聊天視窗，我才發現一直有人幫我回應。

「我回到家了，太累了，先晚安。」

「正在開會，沒辦法接電話。」

梁又秦也傳過訊息，她八卦地詢問我後來和那兩個人怎麼樣了，而「我」的回應也有模有樣。

「等我確定自己的想法再跟妳說。」

「妳說的大概是對的吧。」

還有童曉淵的訊息，她說那篇吸血鬼小說已經完結了，問如果眞的是我寫的，那還會不會有第二集。

「我根本沒看，更不會是我寫的。」

包括其他同學與親戚傳來的訊息，都有人模仿我的語氣代我回應。是奧里林嗎？還是小池？

我猜是奧里林，一想到他回覆這些訊息時的模樣，我便覺得有些怪異又好笑。不過，他憑什麼擅自替我回應？雖然這樣的確省了不少麻煩，不必向親友解釋我爲何會消失一個禮拜，但這種隱私被看光光的感覺仍是令人很不愉快。

暫且拋開心中的不滿，我深吸一口氣，點開唯一沒被讀過的訊息。

尤里西斯。

「對不起。」

他只打了這三個字，時間是在我受傷的那天。

爲什麼要說對不起？該說對不起的是我。

爲什麼看到這三個字，會讓我這麼想哭？

我立刻回訊。

「你還好嗎？」

訊息遲遲沒有被讀取，我等了幾分鐘，尤里西斯仍是沒有回應，於是我決定打電話，可是也沒有被接起。

我離開房間，想詢問奧里林或小池更詳細的情況，不過外頭沒有人。我跑到樓梯下那道小門前，依然是上鎖的。

於是，我改往西邊的房間去，果不其然見到其中一扇門打開了。

當我走過去時，奧里林瞬間走出來關上門，擋在門前，警戒地盯著我，「妳又要做什麼？」

「我只是想問，尤里西斯只有傳一句話給我嗎？」

「我沒有讀過，怎麼會知道。」奧里林瞥了眼我手裡的手機，繞過我往前走。

「等一下，他眞的沒事嗎？」我又問。

「他很好，如果妳眞的這麼愛他的話，可以考慮和他約個地方，讓他帶走妳如何？」

我張大嘴巴，「奧里林，你爲什麼要這樣說話？」

「妳的期望不就是如此嗎？妳的傷也好了，明天我就叫小池送妳回去。」奧里林毫不猶豫地繼續走，我連忙追上他。

「我和尤里西斯之間什麼都沒有，我只是覺得……我不知道，我的腦中一團混亂。我對你們的印象全都來自奶奶的故事、來自奶奶的看法，但是當我實際接觸到你們……卻發現跟奶奶說的都不一樣。尤里西斯不是壞蛋，他也有遺憾和感到痛苦的時候，而薩爾他太奇怪了，希望奶奶壽終正寢，又要喬伊他們殺了我引出你，然後你……你根本……」

他停下腳步，稍微側身看我，「我怎樣？」

「你根本是一個混蛋！」我指著他喊，「奶奶到底爲什麼會愛你！」

也許是因爲我的氣勢與不客氣的話，使得奧里林完全轉過身，他嘴角上揚，接著笑了起來。

「對，我是個混蛋，很高興妳理解了這一點。」

「在奶奶的故事裡，你那麼、那麼的……」

「溫柔？」

「不，你也不溫柔，但奶奶就是愛你，太不值得了！我爺爺對她都比你對她更好，可是爲什麼……奶奶卻……」

我想起奶奶躺在床上病懨懨的模樣，她只有在提起奧里林的時候，才會容光煥發。

還有那些過去的照片，奶奶一直像個沒有靈魂的洋娃娃，毫無生氣。

最後，我的腦海中浮現她把自己關在房間裡，穿著新娘禮服等待奧里林來接她的畫面。

然而奶奶卻……卻……

「封允心怎麼樣？」奧里林朝我走來，我說不出話，強烈的悲傷從心頭湧出，我的眼眶一陣發酸。

他喊著奶奶名字的聲音多麼溫柔，多麼叫人肝腸寸斷。

「奶奶卻在死前才露出最美的笑容，只有當你抱起她的時候，她才像是眞正活著。」我哭了起來，奧里林不知何時已經站在我面前。

「不要用那張臉哭。」他的語氣竟有幾絲疼惜。

也許是我脂粉未施，所以看起來更像奶奶了。

「你愛過奶奶對吧？」我明知故問。

「很愛過。」他回答。

「爲什麼當年不這樣對奶奶說？」

「因爲不能說。」他扯了扯嘴角，「我要她好好活下去。」

「即便像行屍走肉？」

「也好過死亡。」奧里林認眞地說。

我吸吸鼻子，我想奶奶應該寧願在奧里林身邊死去，也好過沒有他相伴而壽終正寢吧。

「你難道不能坐下來和我好好談談嗎？」我抬頭看他。

奧里林的眼中閃過一絲猶豫，我這張素淨的臉龐也許讓他想起了奶奶年輕的時候。

「我沒什麼好談的。」

「但我有，伴著奶奶走完最後一程的人是我，她所有的心情只有我知道，等我死了以後，你將永遠沒有人可以陪你緬懷奶奶。」

他又遲疑了下，轉身往另一個方向走。這是代表答應還是拒絕？

如果是拒絕，他大可用瞬移的方式消失，所以我擦乾眼淚，跟了上去。

他走到樓下的大廳，伸手推開大門。這麼多天以來，我第一次看到外界的景色，這座屋子果然完全被樹林所包圍。

我正準備踏出去，一陣強風吹來，我的肩上突然被披了一件披風。

「外面風很大，請加件衣服。」小池站在我身後微笑。

「你眞是神出鬼沒。」

「請說我是貼心無比。」小池認眞地說，對我眨眨眼。

「是，謝謝你。」我拉緊披風，踏出大門。

屋外有一塊不小的空地，鋪著白色石磚，還有座沒有蓄水的噴水池，顯然已經長年沒有維護。月亮高掛夜空，放眼望去四周全是林木，隱約中好像有個熟悉的聲音，但我想不起是什麼。

「這邊。」奧里林說，他繞到屋子後方，我打量著屋子的全貌，雖然不是城堡，看起來也十分豪華，完全是幢別墅。

而在這幢近似城堡的別墅後頭，有一棟普通的房子，外觀相當簡樸。奧里林開門走進去，我跟著踏入，發現裡面有較爲現代的家電及擺設，裝潢簡約。他逕自坐在白色沙發上，我也在另一邊的沙發坐下。

「這裡是你家嗎？」我頓了頓，「現在住的家。」

奧里林沒有回應，我當他默認。

「你不想告訴我也沒關係，我猜就好。那棟像城堡的房子，是你以前住的地方，而你現在住在這邊。」我環顧了一下，看起來沒有其他人的物品，「小池大概是住在別墅的地下室？就是上鎖的那道門。你雖然會去別墅走動，但實際上都是住在這，對嗎？」

他雙腿交疊，有些驚奇地看著我，「妳挺聰明。」

「只是很會猜。」我聳聳肩，「奧丁也這麼說過。」

聽見奧丁的名字，他皺起眉頭，「我大概掌握了狀況，可是尤里西斯爲什麼會帶妳去找奧丁？」

我把事情簡單說了一遍。包括在奧丁那邊感受到的詭異氣氛，以及他們都說封允心是個傳奇人物，還有我對尤里西斯的感覺、被他抱住時我所感受到的悸動，以及他明明說不會保護我，卻差點因我而死等等。

「你是什麼時候找到我們的？」末時說，奧里林一定會就近觀察，所以他可能早就潛伏在我們周遭了，那又爲何一直不出面？

「從你們抵達南部，在汽車旅館投宿時，我就在附近了。」即便在室內，奧里林如月色般的銀髮也閃閃發亮。

「那爲什麼……在我被喬伊他們帶走、或是被咬的時候，還是尤里西斯陷入苦戰時，你都沒有現身？」
「我想確認一件事。」
「什麼事？」
「確認……我是否還會因爲同一張臉而動搖。」奧里林搖頭，「還有，我要確認尤里西斯的動機。」
「那你得到的答案是？」
奧里林對上我的眼睛，「兩個都是肯定。」
我鼻子一酸，「雖然奶奶去世了，你依然愛著她是吧？」
他沒有回應。
「我很抱歉擅自闖進那兩個房間。」我眞誠地說。
「妳的確該感到抱歉。」看起來奧里林對此依舊不太高興。
「那我可以問嗎？」
「不。」
「那別墅是你很久以前的家，如今你卻住在這棟房子，原因又是什麼？」
「我說了，妳不能問。」他蹙眉。
「你父母的房間維持著最後一次被使用的狀態……我能問發生了什麼事嗎？」
「不。」奧里林起身，「我沒義務告訴妳這些。」

「你小時候的房間裡有兩張床，表示你有兄弟姊妹，是嗎？」

「閉嘴！」奧里林吼道，他的尖牙露了出來，藍色雙眼隱含怒氣。

我沒有被嚇到，我篤定他不會傷害我，就憑我這張臉。

「你的母親……是人類嗎？」

聞言，他瞇著眼睛，斂起怒容，「奧丁說妳很聰明。」

「你剛才也說過一樣的話。」我站起來，靠到他的面前，微抬下巴，「別浪費時間了，你不會傷害我，也沒辦法叫我閉嘴，而我絕對會問、會猜、會自己想辦法找出答案，那何不直接告訴我？」

「告訴妳又如何？」

「你當年什麼都不告訴奶奶，讓奶奶對你魂牽夢縈一輩子，傷害了我的爺爺和爸爸、伯父、姑姑，也間接傷害到我們這些後代，更讓我對你們的世界產生好奇，進而踏入。奧里林，你明白我已經回不去人類世界了，尤里西斯爲我殺了兩個長生，而我想現在所有長生都知道我在你這裡，說到底，罪魁禍首都是你。」

「是我？」奧里林覺得好笑。

「是，若你當時帶走奶奶，就不會有我，也不會有現在這些問題。」我再次逼近他，而奧里林站直身子，直勾勾看著我。我問：「再讓你選擇一次的話，你還是會要奶奶回到人類世界，過著行屍走肉的生活嗎？」

「我會。」他毫不猶豫。

「那麼，我和你的相遇就成了必然。」我注視著他的眼睛。

如果說世間的一切都是注定，都是被命運安排好的，那麼奶奶與奧里林的相遇，是否就是爲了此刻，讓我和奧里林可以站在這裡對話？

我不知道我的出現對奧里林會造成什麼影響，我並沒有愛上他，他對我也只是殘存著對奶奶的依戀。

然而，我的確像顆石頭一樣，墜入了長生的世界，激起漣漪。

他們的世界，即將因爲我的出現而產生巨大變化。

第九章

「奧里林，我不是奶奶。」

「妳和她長得一模一樣。」

「但我們的一切都不一樣。還是只要我越像奶奶，你就會愛上我？」

奧里林要小池把我送回人類世界，但顯然我已經回不去了，雖然我也無法輕易拋棄原本生活的世界，畢竟還有愛我的親友們。

「可是奧里林先生的話一定得聽從……」小池一副困擾的樣子。

我翻了一頁書，瞥了眼小池，「當初奧里林要你消除我的記憶，你也沒完全照辦啊。」

「那不一樣，他沒說是否要永久消除，而且爲了這件事，我可是被奧里林先生罵了呢。」小池十分苦惱。

「我如你所願來到了這裡，你把我送回去的話，不就功虧一簣了？」

「是的，千蒔小姐，所以我並不希望您回去。」

「對了，小池，所有長生都追逐著奧里林，除了想獲得在陽光下行走的能力之外，還有爲了什麼嗎？」我換了個話題。

小池一愣，「爲何這麼問？」

「我只是覺得奇怪，長生們爲什麼那麼討厭奧里林？如果只是爲了能面對陽光，那應該要奉承他才是，厭惡的情感究竟是怎麼來的？因嫉妒而生恨嗎？」

「長生在乎純粹的血統。」

「這也是我好奇的事情之一，人類和長生如果是不同的物種，怎麼有辦法生下孩子？」

「千蒔小姐，這些請您去問奧里林先生吧，我可沒膽子說出他不想說的事。」小池求饒。

「我不爲難你。」我將視線移回書本上，「那能麻煩你每隔一段時間就回去催眠我的爸媽，還有我的好朋友梁又秦嗎？」

「原因是？」

「如果只依靠LINE聯繫，久了他們還是會懷疑，雖然可以利用視訊通話讓他們放心，但畢竟如今我不是在自己家，我怕他們透過背景看出破綻。加上……我不可能完全不回家，也不去見朋友，不過如果我擅自行動，想必會遇到危險，所以爲了不讓親友起疑，只能請你催眠他們，讓他們有見到我的記憶。」

「千蒔小姐，您想得眞仔細，而且也眞會使喚人呢！」小池輕笑，「可是奧里林先生比您先設想到了。」

我愣了愣，轉過頭看他，「什麼意思？你已經回去催眠過了？」

「是的，在您抵達南部之後，奧里林先生便吩咐我去催眠您的好友梁又秦，以及您的父母，讓他們有和您見面過的假記憶。」

怪不得那次和梁又秦通電話，她說了「上次見面」這種奇怪的話。

我若有所思，奧里林眞是考慮周到，該說薑還是老的辣嗎？畢竟他比我多活好幾百年。

「那麼最近要再麻煩你一次了，你都怎麼去臺北的？用跋嗎？」

「不，坐高鐵。」

我對長生如此接近人類的作法已經見怪不怪了。

「奶奶提過你是因爲憧憬奧里林才來到他身邊，我能問是憧憬什麼嗎？」

見小池有些猶豫，我接著說：「這也不能談嗎？這不是關於奧里林的事情，是關於你的事情，我問的是你的想法呢。」

我承認這算是陷阱題，但我知道小池不會沒有發現，要不要回答，就看他願不願意透露了。

「奧里林先生是人類與長生所生的混血，這個想必千蒔小姐已經猜到了。」最後，小池選擇回答。

「一般來說，我們長生成長到一定的年紀，外表就不會再有變化了，東方人大約是二十到三十歲左右，西方人則是十五到二十歲左右。而長生並非眞的不死，我們的弱點……千蒔小姐見過昆恩和喬伊的死亡，應該明白不外乎是頸椎斷裂以及心臟被刺穿，不過長生也有所謂的『壽終正寢』，只是每個長生的情況不一樣，所以我們無法預料自己何時會死，但沒意外的話，活個千年沒問題。」

說到這裡，小池停頓了一下。

「奧里林先生的出生，在我們的世界是一件大事，因爲如您所說，人類與長生是不同的物種，居然能結合並誕下孩子，這完全是個奇蹟。身爲混血兒，奧里林先生從小就不害怕陽光，能持續使用跋的時間更比所有長生都長，另外甚至有治癒的能力，簡直超越了所有長生所具備的力量。有段時間，許多長生也都想生個混血兒，以壯大自身勢力，然而沒有一個長生可以與人類產下孩子，奧里林先生成了獨一無二。」

「因爲這樣，長生們才厭惡他嗎？」我問。

「不，長生們的確嫉妒他，但本來不至於厭惡，只是長生也是從孩童時期慢慢長大的，所以孩提時代的奧里林先生相當孤單，沒有其他長生的小孩願意和他玩耍。」

「那……」

「若您是父母，得知自己的孩子想要朋友的話，會怎麼做呢？」

「再生一個？」

「千蒔小姐，我只能說到這麼多了。我憧憬奧里林先生，是因爲他在如此困難的處境中依舊堅強，他擊退了所有來找麻煩的長生，並且一步步走到今天。您偷看過他以前的照片，應該可以發現小時候的奧里林先生很愛笑，是經歷了某些事情後，才變成現在這個樣子。這也沒有不好，只是……」

「所以你要我拯救奧里林，是指拯救他的心嗎？你希望我愛他，他也愛我？」

小池微笑著搖頭，「有時候想拯救一個人，並不見得要付出愛，我的意思是，不一定要雙方之間產生愛情或友情，有時候只需要一種共鳴，甚至同情也可以，我相信您做得到。」

「也許我沒那麼厲害。」

「但也許您確實這麼厲害。」小池欠身，「我所能說的，真的就這麼多了。」

「謝謝你，小池。」

「那我現在動身去催眠您的親友了。」

「你真的要搭高鐵？」我忍不住問。

「是的，這樣比較舒適。」

「小池，奧里林是否能把不怕陽光的能力分給其他長生？」我突然說。

「這是尤里西斯要您問的嗎？」小池雖然仍在微笑，眼神卻有些冰冷。

「我沒有和尤里西斯聯絡，但他的確這樣猜測，你不想告訴我也沒關係。」

「千蒔小姐，您是能行走在白晝的人類，無法真正體會長生對於陽光有多渴望，這種渴望，足以令我們付出所有。」

我看著小池，嘆了一口氣，「我的問題太輕率了，如果冒犯到你的話，我很抱歉。」

「對您，我不會有任何隱瞞。是的，奧里林先生的確在嘗試。」小池的話讓我睁大眼睛，「我之所以憧憬奧里林先生，還有一個最大的原因，就是他很善良。他一直在想辦法造福所有長生，即使長生們都憎恨他。」

「那他……為什麼不說？」

「因為他所製造的藥品並不穩定，有些長生可能會瞬間死於藥劑引發的陽光，我曾經差點因此而死。」

「你是實驗品？」

「我心甘情願。」小池看了下外頭的天氣，「好在今天是陰雨天，只要沒有陽光，再配合那種藥品，便能減緩陽光對我所造成的傷害。」

我點點頭，又提了個問題：「竄改記憶是每個長生都具備的能力嗎？」

「差不多，但有些長生能夠竄改得很縝密，有些長生則是半吊子。另外，意志力夠堅定的人類也不好催眠及竄改，總之需要天時地利人和。」小池聳聳肩，「千蒔小姐請放心，我在這方面剛好很擅長，所以不會出紕漏的。」

「那就麻煩你了。」

「對了，千蒔小姐，我的房間沒什麼好看的，請您不要再試圖去開我的房門嘍。」

我一怔，接著不好意思地笑了笑，「抱歉，小池，我原本以為那是通往地下室的門之類。」

「我想也是，您是在找奧里林先生吧。」

「不過，你怎麼會睡在樓梯下的房間？那裡感覺是儲藏室。」我皺了皺眉頭。

「因爲我很喜歡《哈利波特》裡的描寫，主角不就是住在那樣的房間嗎？在看過《哈利波特》以前，我是住在千蒔小姐隔壁的房間喔。」

我挑起一邊眉毛，想不到答案會是這樣。

小池出門了，而讀完手上這本書後，我閒來無事，便決定去找奧里林。如我所料，他待在別墅後方的小房子裡。

「奧里林！」我敲了門，從窗戶瞧見正在看電視的奧里林文風不動。

我自己開門進去，奧里林被我的舉動嚇了一跳，不可置信地說：「妳懂不懂禮貌啊？」

「你明明聽見我叫你了，卻沒有任何反應，你才不懂禮貌呢。」我一屁股坐到沙發上，發現桌上居然有零食，「你們不是不用吃東西嗎？怎麼會有零食。」

「嘴饞。」

「最好是。」我看著根本沒打開的包裝，「是買給我的嗎？」

「少往自己臉上貼金。」奧里林冷聲說。

他看的節目是動物星球頻道，此刻正在播放介紹北極熊生態的節目。我跟著看起來，一邊不客氣地吃零食，他嘆了口氣，想把遙控器交給我，「看妳想看的吧。」

「那幫我轉到卡通台，謝了。」我的態度顯然令他感到不滿，於是我伸出雙手，「我的手指沾滿了餅乾屑，還是你要讓我這樣碰遙控器？」

「……哪一台？」

他好像拿我很沒辦法，不過我今天化了妝，在他眼中應該沒那麼像奶奶了。

「關於我說的那些事，你聽了有什麼想法？」

「妳說了很多事，現在指的是哪一件？」

「那我先問薩爾的部分，他到底是怎樣的長生？」

「他和其他長生一樣，只是比較擅長兩面手法。」奧里林淡淡地說，「我們活了這麼長的時間，本就沒有永遠的敵人和朋友。」

「你眞的可以把不怕陽光的能力分給別人嗎？」

「妳總是口無遮攔。」

我聳聳肩，「抱歉，經歷過生死關頭，好不容易才找到你，我有太多疑問了。如果不弄清楚，我一定會後悔一輩子，甚至死不瞑目。」

「妳不需要知道太多，妳遲早要回歸人類世界。」

「我以爲這個問題我們討論過了，我沒辦法回去。」我心不在焉看著電視播映的卡通影片，「是的，也許遲早有一天要回去，但不會是今天、不會是明天，也不會是這個月，所以就告訴我吧。」

「妳眞的很難纏。」

「當年奶奶如果也這麼難纏，你會告訴她嗎？」我轉向奧里林，凝視著他的藍色眼睛。

「不會。」他回答得乾脆。

「爲什麼？」

「因爲她太脆弱。」

言下之意是我比較堅強，或是頑強嘍？

這對現代女性來說是褒義，所以我欣然接受。

奧里林站起身往裡面走，我立刻把零食放下並將手上的碎屑拍掉，跟在他後面，「我希望下次你可以說句『跟我來』之類的。」

「有差別嗎？妳不都會自己跟上？」奧里林語氣冷淡。

他帶我來到一個像是研究室的房間，中央有張放著許多瓶瓶罐罐的大桌子，還有形狀扭曲的管狀燒杯，裡頭裝了五顏六色的液體，牆面則掛著各種晒乾的藥草。

「這是你的實驗室？」

「我在這提煉一些東西。」

「例如把陽光儲存到項鍊之中，或是把能夠阻隔陽光的東西製成藥品嗎？」

「童千蒔，太聰明不是好事。」奧里林的語氣帶著警告，這是他第一次喊我的名字。

「未來女人只會越來越聰明，我想你必須習慣，而且她們可能會比我更沒禮貌。」我不以爲意，逕自東摸摸西瞧瞧，發現許多關於巫術的書籍，各國語言都有，還有說明如何下蠱的記載。

「你還會施法？」我拿起一本書，訝異地問。

「我不會，只是看看。」他朝我走來，攤開手心，「這個妳戴上。」

那是一條項鍊，十字架墜飾的正中央有顆紫色寶石，這條項鍊曾經戴在奶奶的脖子上，「你要給我？」

「算是保護妳。」他說。

「這是紫鋰輝嗎？」

「連這個妳也知道？」奧里林相當訝異。

「我拿去問過販售珠寶玉石的店家。」我撫摸著那條項鍊，然後將自己的長髮挽起，轉過身背對奧里林，「幫我戴。」

「妳可以自己戴。」

「你也可以幫我戴。」我堅持。

我隱約聽見奧里林嘆了一口氣，接著他將項鍊的扣環解開，爲我戴上。

「我查過紫鋰輝的資料，據說配戴它能夠消除緊張、紓解壓力，又有心輪的止痛藥、清道夫之稱。」我輕聲說，感受著奧里林指尖微妙的溫度碰觸著我的後頸，「同時我也注意到，紫鋰輝還象徵無條件的愛與慈悲、無私的愛。」

奧里林的動作一頓，我將頭髮放下，轉身看他，「紫鋰輝其實就已經代表你的心意了，對吧？」

「這個年代有了網路，什麼都查得到。」奧里林無奈地說，「但我給妳項鍊不是因爲愛妳。」

「我知道，不過至少你愛我這張臉。」我笑了聲。

奧里林無語。

「奧里林，我有件事情想跟你商量。」我深吸一口氣，「我想和尤里西斯見一面。」

奧里林彷彿知道我遲早會提出這樣的要求，他自顧自地走到桌子前，把一些奇怪的材料混合在一起。

「我知道你和小池都對尤里西斯很不放心，可是我覺得尤里西斯不是壞人。」

他轉身拿了藥草加入那詭異的混合液體，綠色的煙頓時冒出。

「再怎麼樣，他都救過我，我希望能好好與他道別……而且我有東西想交給他。」

「可以啊。」奧里林開口。

「眞的？」

「但妳有聯絡上他嗎？」

我垂下目光，搖搖頭，「沒有，他沒讀我的訊息。」

奧里林勾起嘴角，「妳想交給他什麼？」

「日出的影片。我想過在房間錄，又擔心如果在我的房間錄影的話，或許他有可能根據方位或是附近的景物之類的，找出這個地方。」

「妳想太多了。」奧里林說，「沒想到妳還會擔心這點。」

「因爲小池說這裡是你的家，是你唯一不想被發現的藏身處。」

奧里林若有所思，「可以，我明天帶妳去外面錄日出。」

「謝謝你。雖然我還沒找到尤里西斯。」

「只要到了外面，妳就會見到尤里西斯。」

「你要幫我找他？」我喜出望外。

「不，他會自己來找妳。」奧里林搖頭。

「意思是……」

「明天要早起，妳回去睡吧。」奧里林停頓一下，「小池不在，妳自己有辦法弄些吃的嗎？」

「我都活到二十幾歲了，也會做幾道料理的。」我對他吐吐舌頭，返回到那大得誇張又冷清的「城堡」。

小池的確還沒回來，我在廚房猶豫了老半天，最後還是決定煮泡麵。當我準備要燒開水的時候，忽然聽到奧里林的聲音：「我就知道只是泡麵。」

我嚇得差點打翻水，「你來了就出個聲啊！」

「我確實出聲了。」他笑了，「所以妳所謂的料理就是泡麵？」

「我講求效率，這樣比較快。」

「還嘴硬。」他一下移動到我的旁邊，輕輕推開我，「礙事，出去。」

「出去？」我忍不住瞪大眼睛。

「別大呼小叫。」他責怪地看著我。

「好，不礙你的事。但你眞的會做菜？」

「至少比泡麵好。」他不屑地表示。

好吧，那就交給他。

我坐在餐桌前等待，不一會兒，一股非常濃郁的香氣傳來，我的肚子不禁咕嚕嚕叫了。

過沒多久，奧里林端上牛排，還搭配了洋蔥湯及紅酒。我很訝異他怎麼能在這麼短的時間內完成這些料理，他揚起得意的微笑，說這是天分。

「小池也說他的廚藝是天分，你們長生又不吃東西，怎麼可能會做料理？」

「我可以吃東西。」奧里林反駁。

「可是根據奶奶的說法，你也不怎麼吃……」

「我能吃東西，也能嚐到味道，只是不一定每天都要吃，而且我還是需要吸血。」

「因爲是混血的關係，所以人類和長生的食物都得吃嗎？眞是辛苦你了。」我切開牛排，肉質軟硬適中，微微帶血，「動物的血你們嚐起來有什麼感覺？」

「妳一點也不懂美食。」他嫌棄。

沒想到被瞧不起了。

我將牛排送入口中，眼睛頓時發亮，「天啊！也太好吃了！」

奧里林露出和小池一樣的滿意表情，這種氣氛很不可思議，連奶奶都沒有和奧里林一起用過餐，我卻吃著奧里林親自做的料理。

奧里林打開紅酒，在玻璃杯中注入一些酒液，搖晃了幾下後，與我互相輕碰杯子。

「酒也很好喝。話說要是你讓小池去開餐廳，肯定賺翻了。」紅酒下肚，我講話更是口無遮攔了。

「如果小池去開餐廳，受歡迎是肯定的，但這樣我做事會變得很不方便。」他皺起眉頭。

「所以你是爲了一己之私才不讓小池去開餐廳！」我哈哈大笑，「在小池來幫你之前，你不也自己活了好幾百年嗎？果然習慣是很可怕的啊！」

奧里林並未反駁我，只是啜飲著紅酒。

「你有給小池薪水嗎？」我好奇。

「他不愁吃穿，也無須負擔任何費用，何以需要薪水？」他講得理所當然。

「也是，全部實報實銷就好。」我擺擺手，又笑了。

「小池和其他的長生都不一樣。」奧里林一飲而盡，隨後往杯子裡斟滿了紅酒。

我想起小池方才說的話，奧里林小時候被其他長生排擠，長大後其他長生又對他另有所圖，只有小池自始至終對他懷抱著單純的憧憬，所以小池才能待在他身邊。

小池曾說，他也是近百年來才獲得奧里林的信任，無論如何，我很高興奧里林身邊能有小池在。

我喝了口紅酒，發現奧里林正盯著我看。在微醺之中，我下意識朝奧里林微笑了一下。

他的目光停留在我的臉上，我也回望他，曖昧在空氣中蔓延。

「如果可以，妳別化妝。」他忽然開口。

「怎樣？這樣看起來更像奶奶嗎？」

「是。」

我頓時有些惱火。

的確，奶奶和奧里林之間的愛情是我所嚮往的，更因此採取了荒唐的行動，只為了見到奶奶眼中的奧里林，然而任何一個女人都不會願意當另一個女人的替身，即便那是我的親生奶奶也一樣。

「奧里林，我不是奶奶。」

「妳和她長得一模一樣。」

我不知道長生會不會醉酒，也許會，奧里林才能這麼坦率。

「是，我和奶奶長得一樣，但我們的靈魂不同、記憶不同、個性不同，一切都不一樣。」我的臉貼向他，「還是你的意思是，只要我越像奶奶，你就會愛上我？」

這句話大概觸及了他的底線，他猛然站起身，看著我的眼神變回看「童千蒔」的樣子。

「妳喝多了。」

「你也喝多了。」我抬起下巴，「我不是奶奶的替身。」

他沒有說話，只是定定凝視著我許久，神情除了困惑，還有更多是懊悔。接著他離開，我甚至沒有看見他消失的瞬間。

我輕吁一口氣，鼻腔裡都是紅酒的氣味。我將杯中的紅酒一口氣喝掉，然後連酒瓶裡剩餘的也全部喝光。

「混蛋。」低聲罵了句，我回到樓上的房間，倒頭就睡。

奇怪的聲音吵醒了我，迷迷糊糊間，我企圖用枕頭蒙住自己的頭，卻徒勞無功。我茫然睜開眼睛，發現房間裡有一點燈光，是從沒有關緊的房門外透進來的。

這是怎麼回事？我記得自己睡前明明有關上門。

揉著眼睛從床上坐起來，奇怪的吵雜聲一直沒有停歇，我內心一驚。不會是小偷吧？

不，這裡可是長生的住所，怎麼可能有小偷。難道是其他長生入侵了？

這也不可能，要是有其他長生闖進來，我大概根本不會被吵醒，早就死於睡夢中了。

所以聲音是哪來的？

「小池？」我輕聲喊，小池卻沒有出現，顯然有些不對勁。

我拿起一旁的外套披上，下床從門邊探出頭，「小池？」

走廊的燈開著，平常小池都會關掉的。

聲音的來源似乎是隔壁房，小池說過那是他以前的房間，難道是小池怎麼了嗎？

這麼一想，我便急了，馬上握緊胸前的十字鍊墜，小心翼翼朝那個房間走去。隨著逐漸接近，聲音也越來越清晰，我聽出原來是女人的喘息，還夾雜著床鋪搖晃的聲響。

我簡直要翻白眼，直接聯想到奶奶說過，她曾在半夜目睹奧里林和其他女人肉體交纏。

還想用同一招？

難怪我的房門會開著、難怪走廊上的燈沒有關，還有難怪我喊了小池，他卻沒有出現。

於是我毫不猶豫，乾脆地推開那個房間的門，果不其然看見奧里林和一個女人在床上，而小池站在床邊。

他們早就知道我來了，我想大概從我起床的時候，他們就都察覺了，奧里林是故意的，他要我親眼看到這一幕。

此刻他張嘴咬著女人的脖子，湛藍的雙眼盯著我，眼中既沒有慾望，也沒有情感。人類都能單純只為性慾而上床了，長生吸血時所伴隨的性愛，充其量也不過是進食的一環。

我瞥向站在旁邊的小池，他的臉上並沒有任何不自在的表情，反而很興奮似的盯著我，彷彿在期待我的反應。

「小池，你有偷窺的興趣？」我瞇眼，「你不覺得很尷尬？」

奧里林停止動作，小池則嘴角上揚。

「奧里林，明天不是要去錄日出？我希望你不要睡過頭。」我的視線轉回床上的奧里林，直視著他，不顯露半點退縮，「還有，小聲一點，不要再來開我的房門，我很睏。」

我邊說邊揉著自己的太陽穴，因為喝了太多紅酒，此時腦袋脹得厲害。忽然，我想起一件事，回頭問小池：「我的家人情況怎麼樣？」

「一切都很好，千蒔小姐。」小池恭敬回答。

「那就好，我回去睡了。」說完，恰好來了個哈欠，我從容離開，還不忘關上門。回到自己的臥房後，我縮回床上。

說沒有受到衝擊是騙人的，但那份衝擊不算大，我沒有像奶奶那樣痛不欲生，但也並非不痛不癢，這種感覺實在難以言喻。

不是說這裡是奧里林的最後堡壘嗎？如此一來，那個女人要怎麼處置？如果讓她離開，之後她又被其他長生咬到，這個地方不就會洩露出去？還是說，他們是把那女人弄昏後帶過來的？冒這麼大的風險，只爲了讓我親眼看見？

我的思緒被房門忽然開啟的聲音打斷，我沒好氣地轉過頭，看見小池滿臉興奮站在那裡。

「怎麼了？」我起身。

「我一回來就看見餐桌上有碗盤。」

「喔，抱歉讓你收拾。」當時我太生氣了，連碗盤都忘了收。

「不，我不是要說那個。」他靠向床邊，「能讓奧里林先生幫您做飯，您眞的超厲害的！」

「他也幫奶奶煮過桂圓湯不是嗎？」

「不一樣，那不一樣！」小池開心地說，「更厲害的是，您絲毫不在意奧里林先生的春宮秀，這招可是他的大絕，以前很多女人都是這樣被逼走的，包括允心小姐！」

「他的招數百年不變。」我翻了白眼。

「但是屢試不爽。是因爲您沒有愛上奧里林先生，才能這麼豁達，還是現代的女性眞的不在意這些？」

我聳聳肩。

「人類的情感太難理解了，不過我想的沒錯，您果然是最適合奧里林先生的人！」小池雀躍無比。

「你講這些話，奧里林不會聽到？」

「您一離開，奧里林先生便失去食慾，所以也走了。」小池眨眨眼。

「那個女人呢？」我皺眉。

「還在房間，我等等會處理。」

「處理？」我張大嘴，從小池的語氣聽來，肯定不會是一般的「處理」。

「她既然來到這裡了，就不能活著回去。」小池理所當然地說。

「怎麼……因爲這樣就要殺了她？」

「千蒔小姐，人類對我們而言，本來就是食物。」小池歪頭，「爲了保護奧里林先生，這是必須的。」

「可是她是無辜的，而且爲了用來氣我而犧牲太不值得，她也有愛她的家人啊！」我驚慌地說。

「那麼如果她是個壞人，而且沒有人在等她回家，便沒有問題了是嗎？人類對生命價值的定義，有時候很奇怪呢。」

小池的反問讓我語塞，「不管怎樣，都不該……」

「千蒔小姐，我無意與您爭論，僅僅是您提問，而我回答。」小池朝我微笑，「但您無權干涉我們怎麼對待食物，如同您不會在乎每天送上桌的牛羊豬雞的生命一樣。」

我咬著下唇。是我太天真了。

我躺回床上，用棉被裹緊全身。

知道那個不相干的女人即將死亡，遠比看見她與奧里林纏綿更讓我感到難受。

第十章

「你可以變成人類嗎？」我問。

「妳可以變成長生嗎？」他望著我，淒然一笑。

我幾乎一夜難眠，好不容易快睡著的時候，卻被奧里林叫醒。

「我以爲妳會走。」

張開眼睛，只見奧里林站在床尾，冷眼看著我。

我從床上坐起來，「我告訴過你，我不是奶奶。」

他看起來不是很滿意，身上又披了那件斗篷，「走了。」說完，他瞬移出我的臥房。

我全身無力，慢吞吞地換上外出的衣服，打理好一切來到大廳，奧里林站在門口等候。

我環顧四周，奧里林問我怎麼了，我喃喃說：「那女人的……屍體怎麼辦？」

「妳不需要知道。」奧里林一手拉著斗篷，朝我張開另一隻手。

「幹麼？」我不明白他的舉動。

「不是要去看日出？」

「沒錯，但你伸出手是？」

「不然我們開車嗎？」奧里林沒好氣地說。

喔，他是要用跋。所以我要待在他的懷中嗎？

「感覺好怪。」我嘀咕。

「別抱怨了。」奧里林嘖了聲。

我朝他走去，他的身軀和尤里西斯不同，沒有那麼僵硬，也並不冰冷，只是體溫很低。隱約之間，我可以感受到他微弱的心跳。

奧里林的手放在我的肩膀上，蹬腳一跳，我們瞬間遠離地面。高處的空氣有些冰涼，我打了個噴嚏，奧里林皺眉，「妳會冷？」

「鼻子過敏。長生應該不會有這種困擾吧，那會感冒嗎？」

「不會。」

「眞好。」沒有病痛，這是多棒的事。

「人類才好。」奧里林卻說。

即使風有點大，他說得也很小聲，我還是聽見了。

「哪裡好，不僅得面對老死，還可能受疾病折磨，很痛苦的。我小時候發燒過整整三天，當時我爸媽都急死了。」我忍不住抱怨起來。人類跌倒就會受傷，連被紙割到都會流血，還要小心各種意外，實在是太脆弱了。

「這才是正常的，不是嗎？」奧里林說。

「對人類來說的確很正常，不過對長生來說，不會受傷也很正常不是嗎？」我疑惑地問。

奧里林只是一臉「妳不懂」的表情，我挑挑眉，「人總是渴望自己沒有的東西。」

他扯了下嘴角，「就像人類想變成長生一樣。」

「可是沒有長生想變成人類吧。」我失笑，卻感覺到奧里林身體一僵，我瞪大眼睛看著他，「難道……」

「到了。」奧里林將我放下，忽略了我驚愕的目光。

我聞到鹹鹹的海風味道，強勁的風吹亂我的頭髮，也將奧里林的銀髮吹得凌亂。

嘩啦一聲，奧里林忽然將我往後拉，浪花差點打到我的腳。

「海邊？」

腳下的觸感既柔軟又細緻，是沙灘。

「這裡是哪邊？」

「海邊。」奧里林的語氣像是我問了個白痴問題。

「我感覺得出來，我剛剛也說是海邊了，但爲什麼是海邊？」語畢，我立刻想到很久以前，他帶著奶奶去過海邊，奶奶當時問怎麼不是沙灘，而奧里林回答有一天會帶去她看。

我的心底升起一絲苦澀，不知道是爲了奶奶，還是爲了奧里林。

「我不是奶奶，我看過很多次沙灘。」我有些哽咽。奶奶，奧里林還記得對妳的承諾。

「外表像就夠了。」奧里林低聲說，「差不多了，妳不把手機拿出來嗎？」

尤里西斯帶走了我的背包，我的所有東西都在裡面，包含相機在內。

我拿出手機，對準正前方，不久，天空逐漸從深藍轉爲深紫，然後顏色緩緩變淡。在太陽從海平面升起的瞬間，整個世界彷彿點了燈一樣，如寶石般閃耀璀璨，明亮得無法直視。

「錄得清楚嗎？」待太陽完全升起後，奧里林問。

「嗯，很清楚，幸好沒有雲。」我關閉錄影功能，「謝謝你。」

「沒什麼。」

在陽光的照射之下，一點也看不出奧里林是長生。

「你想變成人類？」我不禁開口，這次他仍舊沒有回答，只是瞇著眼睛看向前方。

「你可以變成人類嗎？」我又問。

「妳可以變成長生嗎？」他回頭望著我，淒然一笑。

奧里林站在那裡，面向太陽的臉龐一片光明燦爛，如同他身爲混血的驕傲，而身後的陰影顯得幽暗沉鬱，則如同他身爲混血的悲歌。

他不是人類，也不是長生，兩邊都不完全。

「你就是你，奧里林。」我伸手碰觸他的臉頰，奧里林沒有抗拒。

「我母親也對我說過一樣的話。」

所以他是因爲母親的關係，才想成爲人類嗎？

「我……從母親那裡感受到的，都是溫暖與愛，那是我對人類最初的記憶。而長生殺人不眨眼，如今我也成爲這樣的長生。」奧里林後退一步。

「奧里林，你沒有錯。」

「是嗎？當妳聽到小池說要殺了那個女人時，內心是怎麼想的？」奧里林反問，「當妳發現小池把殺人當成理所當然的時候，又是怎麼想的？」

「我……」

「長生與人類的外型雖相像，卻有著極大差異。」

「人類也會殺人！」我忍不住大喊，「根據統計，殺死最多人類的生物，就是人類自己，而且人類也殺戮其他種族！你們長生殺人，是爲了存活，可是人類時常是爲了一己之私，你們不是怪物，人類才是！」

「謝謝妳，童千蒔。我們回去吧。」

我不知道這番話他聽進去了多少，又能往心裡放多少。

他想成爲人類有多久了？

這個祕密他又藏在心中多久了？

所以，他才愛著人類嗎？

我想問他的父母去哪裡了，是怎麼離開的，但是我問不出口。至少在此刻，沉默也許是最好的陪伴。

✥

太陽下山後，小池送我到市區，「奧里林先生說，您隨意逛逛，尤里西斯會自己來找您。」

「你們聯絡上尤里西斯了嗎？」

「不需要我們去找，也就是說，尤里西斯一直在尋找您。」小池欠身，「我會在附近保護您，所以您不必擔心。」

終於暫時重獲自由，我反而不知道該何去何從。

最後，我找了個露天咖啡座，但餐點都吃完了，尤里西斯還是沒現身。

我拿出手機，他依然沒有讀我的訊息。

爲什麼我老是在找人？一下找奧里林一下找尤里西斯的，明明LINE這麼方便，他們偏偏都不讀不回。

就在我這麼想的時候，一道視線投來，抬起頭，尤里西斯已經坐在我對面的位子。

他沒有說話，只是靜靜地看著我，面無表情，讓我一陣鼻酸。

「你爲什麼不讀我的訊息？」我氣惱地說，一開口就是質問他。

「妳沒事了嗎？」尤里西斯的聲音聽起來好陌生。

「我才要問你沒事了嗎，傷都好了？」

「妳已經好了的話，我會沒好嗎？」他勾起嘴角，接著又安靜下來。

「我有東西要給你。」我將早上錄的日出影片傳送給他，「不要再不讀了。」

尤里西斯的手機發出聲響，他猶豫了一下才從口袋拿出來，點開我的訊息，我隨即在自己的LINE畫面上看見已讀的標示。

「妳爲什麼要爲我做這些事？」他看著影片，語氣彷彿壓抑著什麼。

「我不知道。」

「錄得清楚嗎？」

影片的最後出現奧里林的聲音，尤里西斯瞪大眼睛，把手機放回口袋，「他陪妳去？」

「不然我沒辦法去。」我聳聳肩。

「這些日子妳在哪？在他的哪個窩？」

「不在那些地方。」我沒有正面回答，尤里西斯明知道的。

「他帶妳回家。」他瞄向我的胸口，「還讓妳戴上那條許多女人戴過的項鍊。」

「這條項鍊沒有任何意義，他只是爲了保護我。」我將鍊墜收到衣領裡頭。

「最好。」尤里西斯往後靠。

「末時她……怎麼樣了？」

「她逃了，我也沒有聯絡上她。」尤里西斯皺起眉頭，「我實在沒想到她會採取那麼激烈的手段。」

「女人的嫉妒心很可怕的，喬伊還是昆恩這麼說過。」我深吸一口氣，「尤里西斯，謝謝你救了我。」

「我一定是糊塗了。」他輕描淡寫。

「我知道你不是糊塗，眞的謝謝你。」

「但眞正救了妳的不是我。」

「你保護了我，是我做錯了。」我咬著下唇。

「不，妳沒錯。」

我們彼此凝視了一會兒，我吸吸鼻子，轉移話題，「末時還會不會再找你麻煩？」

「也許比較可能找妳麻煩，不過妳暫時不用擔心，有奧里林保護。而我會去找末時，至少讓她沒辦法再亂來。」

「她也想殺了你。」

「只有她一個的話，殺不了我。」

「你當時差點就死了。」我不太相信。

「但末時遲疑了，她並沒有馬上捏碎我的心臟。被奧里林所救，是我一生的恥辱。」

「能活著才是最重要的。」

尤里西斯搖搖頭，把我的背包放到桌上，「妳的背包，或許妳已經不需要了。」

「不，謝謝你！」我拿過背包打開，然後把相機交給他，「這個給你。」

「這不是妳的相機？」

「裡面有我為你錄的日落，送你。」

尤里西斯開啟相機，看著日落的影片，有些落寞地說：「與其讓妳一個人冒著危險去錄日落……我覺得……」

我注視他，而他拿出手機，點開我今早錄的日出畫面，將時間軸拉到奧里林說話的地方，「能像這樣和妳一起看更好。」

「尤里西斯……」

「奧里林的確有辦法讓長生不怕陽光對吧？他製造出什麼了嗎？」尤里西斯迫切地問。

「我……」我不想有所隱瞞，更不想讓一切亂套，面對尤里西斯和奧里林，兩邊我都不想傷害。

「我想對於女人，你有更好的對待方式。」

忽然間，奧里林出現在桌邊，周遭的女客人無不爲奧里林的外貌驚嘆，尤里西斯臉色一變，我趕緊提醒他們附近有很多人。

「你來做什麼？」尤里西斯冷冷說。

「我想，這不是該對救命恩人說的話。」奧里林勾起輕佻的笑，坐到旁邊的位子。

「歡迎光臨，請問兩位需要點些什麼呢？」女服務員害羞地走過來，手裡拿著菜單。

尤里西斯一臉嫌惡，奧里林則微笑，「不用了，我們馬上就會走。」

服務員露出惋惜的表情離開，尤里西斯開口：「如果你一直監視著我們，爲什麼不在末時他們傷害千蒔前出手？」

「我以爲你能保護她，沒想到你做不到。」奧里林一攤手。

「你！」

「不要吵架……」

我無法想像他們在這裡打起來的話會怎樣，而且奧里林是怎麼回事？為什麼一直故意說些會激怒尤里西斯的話？

「你該管好末時，我聽到消息了。」奧里林壓低聲音。

「我也聽說了。」尤里西斯冷聲回應。

「怎麼了？剛才不是還說沒事嗎？」這下子連我也跟著緊張了。

「我不想讓她知道。」尤里西斯對奧里林說。

「反正我有辦法保護她。」奧里林充滿自信。

「是嗎？那些死去的女人又怎麼說？」尤里西斯不甘示弱，奧里林的眼神流露出殺機，我只好再次提醒。

「拜託不要吵。」

根據他們的說法，末時莫名恨我恨得入骨……也許不能說是莫名吧，她愛著尤里西斯，嫌我礙眼，因此廣召許多看尤里西斯和奧里林不順眼的長生，以及一些喜歡湊熱鬧的長生，打算追殺我。

「只爲了我……」

雖然這個消息聽起來很不眞實，我仍不禁感到畏懼。看著胸前的項鍊，我詢問奧里林這能抵擋多少長生的攻擊，奧里林聳聳肩，沒有回答。

「我會去找末時。」尤里西斯站起來。

「不要，她不是也恨你？」我制止，「我不希望你死！」

尤里西斯瞥了我一眼，「總比妳死好。」

奧里林盯著他，不發一語。

「別這麼莽撞！」我再次反對，「奧里林，有什麼辦法嗎？」

「這就是妳踏進這個世界的後果。」奧里林冷哼。

「現在不是說風涼話的時候，而且全是你的錯。」我瞪著他。

尤里西斯定定注視著奧里林，「如果你能讓我不怕陽光，事情會簡單很多。」

奧里林瞇起眼睛，「我瘋了不成？」

「你確實有辦法做到對吧？據說你繼承了你母親那女巫的能力，能讓我們長生……」

我蹙眉。我聽見了什麼？

「尤里西斯，我沒有辦法。」奧里林否認，「長生懼怕陽光是天性。」

「少裝傻，你減輕了陽光對小池的影響。」尤里西斯動怒了。

「就算我眞的有，又憑什麼給你？」奧里林抬起下巴，姿態高傲。

我差一點想說，奧里林確實一直在爲了長生們而努力研究，不過還是把話吞了回去。

「憑我也想保護童千蒔！」尤里西斯大喊，周遭的客人再次將注意力轉到我們身上。

「你當年可是想殺掉封允心。」奧里林站起身。

「我和你不同，我分得出封允心和童千蒔的差別。」尤里西斯挑釁地說。

「不要吵了……」我無力地勸，這已經是第三次了。

兩個男人憤怒地對視，奧里林拉起我的手，「回去了。」

「對於末時，你打算怎麼做？」尤里西斯問。

「我可以把她丟到陽光下。」奧里林不是在開玩笑，他擁有長生最害怕的武器。

「如果眞的要殺了她，我希望是由我動手。」尤里西斯神情認眞。

奧里林沉思了一下，最後說：「畏懼陽光是長生的天性，這無法改變。我所製作的東西如同毒藥，並不是讓長生能不害怕陽光，而是和製作這條項鍊的方法類似，也就是令陽光存於長生體內。」

我和尤里西斯都愣住了，我掏出項鍊的十字墜飾，中央的紫鋰輝在黑夜中隱隱發亮。

「那算是讓長生慢性中毒的毒藥，你覺得有多少長生忍得住陽光存在於體內的痛苦？」

「你說謊。」尤里西斯不高興地說。

「如果你不相信，可以吃吃看。」奧里林從口袋裡拿出一顆金黃色的藥丸，丟了過去，尤里西斯準確地接住。

「不要吃，尤里西斯，奧里林他不會騙人。」我連忙提醒。

「我自有分寸。」尤里西斯將藥丸收進口袋，拿起我給他的相機，「童千蒔，下次見了。」

他走出露天咖啡座，周圍的女人紛紛失落地嘆了一聲，而奧里林也牽著我的手往外走。

我們來到無人之處，奧里林伸手環抱我，腳下一蹬，再次使用跳躍上天空。

「小池呢？」

「他先回去了。」

「奧里林，我可以問你問題嗎？」

「即使我說不，妳會聽嗎？」他瞥了我一眼。

我當他同意了，「你的母親是女巫？」

「是，眾所皆知。」

原來如此，我終於明白奧丁為何要說那些話了。

「不過有一點很有趣，例如女巫確實是人類，但並不是每個人類都可以成爲女巫，必須先天具備神奇的感應能力和特殊力量，才能成爲女巫，可是人類和女巫仍是同一物種。」

那是奧丁給我的暗示。女巫是人類，卻又和人類不同，所以女巫可以和長生結合生下孩子，但是一般的人類不行？

奧里林擁有心跳和體溫、不怕陽光，這些都繼承自他的女巫母親，同時他能夠治療別人，還能提煉陽光放入藥丸或紫鋰輝之中，這也許就是巫術。

然而女巫還是人類，人類的壽命是有限的。

「你的母親是壽終正寢嗎？」夜風吹著我的頭髮，奧里林的銀白髮絲沐浴在月光下，閃耀著柔和的光芒。

他緊閉雙唇，眉宇間隱含憂傷。

看來不是，所以他才這麼希望奶奶可以壽終正寢嗎？

「發生什麼事情了？」

「長生們厭惡我是有原因的。」奧里林在樹頂佇足，我們的距離近得讓我可以感受到他的微弱呼吸。

我嚥了嚥口水，他終於願意告訴我了。

「因爲我母親製造出了狼人。」

❖

「童千蒔，妳到底跑去哪了？」

童曉淵的訊息如轟炸般不斷傳來，我皺起眉頭。

「我在忙工作啊。」

「這不對啊！」

「哪裡不對？」

「妳爸媽說妳有回家，可是我完全沒看到妳過！」

「我回去的時候正巧都沒遇見妳。」

「不，他們說前天妳有回來，可是我前天明明躲在妳的房間睡覺，爲什麼沒看見妳？」

我心一驚，喚來了小池。

「千蒔小姐，您不用擔心，我會去催眠她的。」小池一派輕鬆，「或是千蒔小姐，您還有哪些人需要催眠，一併告訴我好了，免得又出現漏網之魚。」

「就只多個童曉淵。」說著，我想起一件事，「你能順便把她對尤里西斯的記憶消除嗎？」

「她也見過尤里西斯？」小池詫異地問。

我搖頭，「只有遠遠瞧過而已，主要是我在還不相信奶奶的經歷時，曾經不小心跟她提起吸血鬼，之後我在紙上寫下過尤里西斯的名字，而她瞄到了，還把這個名字記了下來。如果知道長生存在的人類都會有危險的話，那曉淵的安全也可能受威脅，所以麻煩你了。」

「沒問題，一勞永逸。」小池點頭。

我稍稍放心，吃著小池送上的蛋糕，此時梁又秦傳來訊息，問我最近過得如何，有沒有什麼特別的事情。

「妳還眞是八卦，怎麼不說說妳和那個男生怎樣了？」

「我的事情不重要啦。妳呢？前輩跟身邊的那個外國人，選擇哪個了？」

我瞄了一眼小池，他正忙著把舊的床單換下來，沒有注意到我在傳訊息，我立刻回應。

「兩個人都和我所聽說的不一樣……但我覺得他們眞實的模樣都不錯，其實也沒有選擇誰的問題，也許我與他們之間不單單只有愛情這個可能。」

「少裝聖人了，童千蒔，男女之間哪可能不牽扯到感情，妳要麼是兩個都沒愛上，要麼就是不敢承認兩個都愛上了。」

看著她的回覆，我愣了好幾秒，而她又補了一句。

「有段重疊期沒關係，但是千蒔，好好去聽妳自己內心的聲音。」

「就說了，不是愛情這麼簡單。」

「好，也許一年後妳再回來看這段對話，會覺得自己說的話很可笑。」

接著，梁又秦換了個話題。

「妳能不能偷拍前輩和外國人的樣子給我看？」

「這就不太方便了。」

「眞是的，那讓我看看妳總可以吧？」

「妳是我男朋友嗎？」

我回了張大笑的貼圖，梁又秦則發來一張自拍照。

「妳看我，最近吃胖了。」

我拍下小池做的蛋糕，傳給梁又秦。

「我正在吃這個。」

「這在哪家餐廳！妳這女人過得挺爽的嘛！」

「哈哈，祕密！我要去忙了，下次見。」

「好啦，我也要忙了，加油。」

與梁又秦閒話家常的愉快時光，讓我短暫放鬆了下身心，關閉手機螢幕，我思索著梁又秦的話。

「說到千蒔小姐您的好友……」小池忽然開口，我嚇了一跳，而他繼續說，「她叫梁又秦？」

「對，怎麼了？」該不會小池眞的有讀心的能力吧？他知道我剛才和梁又秦討論了什麼嗎？

「我上次去她的房間，看見她小時候的照片，然後在催眠她的時候……」小池頓了頓，「我不知道該不該說。」

「怎麼了？你不要這樣吊胃口。」

「這不是太好的事情。」小池轉過身，嚴肅地看著我。

「說吧，事到如今，已經沒什麼會讓我嚇到的了。」雖然略感不安，我仍舊強作鎮定。

「當我消除她的記憶時，忽然有種熟悉的感覺，所以我稍微咬了她。」

「你吸了她的血？」我大叫。

「我只是想確認一下，血液能保存被咬的當下的記憶，這個您知道吧。」小池慌張地解釋。

「好，那怎麼了？」我要自己冷靜。

「有兩件事，首先，您跟她曾經去過一家咖啡廳，而她被長生咬了吧？」

「對，你看到是誰了嗎？」當時我以爲是尤里西斯，卻是個誤會。

「是薩爾，這點我當然向奧里林先生匯報過了。」

「薩爾……他為什麼……他到底想做什麼？」

小池搖頭，「薩爾是奧里林先生的父親的朋友，他幾乎是看著奧里林先生長大的，但奧里林先生從來沒弄清楚他在想些什麼。」

「什麼？」原來薩爾和奧里林之間有這麼密切的關係？

「然後，梁又秦的母親是不是消失了？」

「對，她小時候和媽媽鬧脾氣，躲在外面不回家，她的家人都出去找她，結果她媽媽就這樣不見了。監視器什麼也沒拍到，像人間蒸發了一樣……」我驀地瞪大眼睛，看著小池，緩緩搖頭，「不要告訴我，這是……」

「千蒔小姐，當時我很餓。」小池的神情沒有一絲愧疚。

「為什麼？怎麼會……你殺了她？」

「我沒有殺她，我只吸了一點血，不過我做的事被小時候的梁又秦看見了，於是我催眠了她，沒想到她算是自我意識很強的人類，所以我不得已咬了當時還是孩子的她，這樣比較容易催眠，好讓她遺忘。」

我不敢相信梁又秦早在這麼久以前便和長生扯上關係，但小池的話讓我大大鬆了一口氣。

我知道對長生來說，殺生是稀鬆平常，但千萬、千萬不能是殺了與我有關聯的人。這個想法很自私，可人不都是自私的？

「那爲什麼梁又秦的媽媽不見了？」

小池搖頭，「我不清楚，但我有種不好的預感，您不覺得這一切太過湊巧了嗎？爲何您最好的朋友會與我有所牽連？」

「我是上了高中才認識她的，而那些事發生在她小時候……」

「也許是我多心了，當然，這件事我也一併告知了奧里林先生。」

「嗯……」

「那千蒔小姐，我先行北上。」

「麻煩你了。」

小池離開房間後，我想起那天奧里林所說的，關於狼人的事。

他的母親製造出了第一個狼人，也就是奧丁。

所以長生們才會痛恨奧里林，因爲他的關係，導致原本所向無敵的長生有了天敵。

「若您是父母，得知自己的孩子想要朋友的話，會怎麼做呢？」

小池當時的提示，正是他母親製造狼人的動機。

我越想越是糾結，決定再去找奧里林。

現在奧里林已經不會把大門鎖上了，我可以自由出入兩棟宅邸。當我走下樓梯時，聽見廚房傳來動靜。

「小池，你還沒出門嗎？」我朝廚房走去，看見的卻不是小池。

「好久不見。」薩爾身穿設計簡約的襯衫，棕色的眼睛裡毫無笑意，手中拿著紅酒瓶與高腳杯。

「你、你怎麼會在這裡？」我往後退了一大步，整個人貼到身後的牆壁上。

「爲什麼不能在這裡？」他一副理所當然的樣子。

「這裡、這裡應該，沒有任何長生知道才對……」

「很不巧，我剛好知道。」薩爾迅速移動到我面前，緊挨著我的頸子，用力吸氣，「童千蒔，妳和妳奶奶一樣香。」

我的生命再次面臨威脅，薩爾和尤里西斯不一樣，他並未和奧里林定下契約，所以他可以傷害我！

我拔腿就要跑，但是薩爾轉眼擋住我的去路，手中裝滿紅酒的高腳杯甚至沒有一點酒液灑出。

「妳該學會面對長生時不逃跑，因爲絕對逃不了。」

「你想做什麼？」我發抖著。

「我聽說了很多妳的傳聞，末時講得很精采。」薩爾挑眉，「妳讓尤里西斯愛上妳了。」

「沒有！」

「還讓奧里林爲妳戴上了項鍊。」他靠向我，盯著我胸前的項鍊。

「這是爲了保護我，你不能碰我！」我抓緊項鍊。

「妳見過奧丁，應該已經明白奧里林的身世了吧？」他看起來很興奮，「那妳知道，奧丁殺了奧里林的父母嗎？」

「什……」

「薩爾。」奧里林冷著臉，現身在門口。

我立刻往他那裡跑去，而奧里林自然地伸出手將我拉到他的後面。

薩爾兩手一攤，面帶微笑，「我沒想到你會待在這邊，完全沒有想到。」

「這裡不歡迎你。」奧里林沉聲說，我可以明顯感受到他的怒氣。

薩爾聳聳肩，「好，我不跟你爭，爭起來吃虧的可是我。」

「滾。」

「我可是帶來了好消息。」薩爾瞇起眼睛，「不願意聽聽看？」

「我再說一次，滾。」奧里林渾身緊繃。

「我認識你的父母這麼久了，難道你從沒想過，我可能知道一些你不知道的事情？」

薩爾的話讓奧里林遲疑了。

「我確實爲得到在陽光下行走的能力而做了一些蠢事，但也證實了，你真的沒辦法把這種能力分給別人。」薩爾將紅酒喝完，隨意一擱高腳杯，慢條斯理地往外走。

「你到底想說什麼？」奧里林盯著薩爾的背影，將我護在身後。

「很久很久以前，你母親懷你的時候，曾經說過一句有趣的話，那時我當笑話聽，不過隨著時間流逝，我對那句話的眞實性越來越好奇。」薩爾的語氣充滿興味，「這就是我纏著你的原因。」

「我母親說了什麼？」

「她說，這個孩子，也許有天可以自己決定要當人類，或是長生。」

我摀住嘴巴，倒抽一口氣，揪著奧里林的衣角。

「你、你騙人，不可能！」奧里林顫聲說，他徹底動搖了。

「是不是謊言，你可以查證。」薩爾環顧四周，「你的父母過去住在這裡，所有悲歡離合也發生在這裡，你的童年後半都活在痛苦與憎恨之中，所以我沒料到你會選擇待在此處。去找找你母親的遺物呀，她確實說過這句話，以她的個性，肯定會想辦法證明自己的推測，某處一定留有相關文件。」

薩爾說完，目光掃向我，那眼神令我不寒而慄。

「童千蒔，小心一點，末時對於取妳性命這件事可是非常認眞。」

接著他往後一蹬，轉瞬離去。

我雙腿發抖，抓著奧里林，他的目光有些失焦，也微微顫抖著。

「不可能，薩爾說的不可能是眞的……」

「冷靜點，奧里林，我認爲他不會特地過來講無意義的話。」我抬起雙手摸上他的臉頰安撫。

他終於回過神，看著我的眼睛，忽然抓住我的肩膀。

「我一直、一直想成爲人類，若能以有限的生命去看這個世界，也許我會看到更多，也許我的內心將不再那麼空虛，但這是無稽之談，根本無法實現的，可是薩爾居然說這可能成眞，他肯定光是看我陷入混亂就夠了，不，誰知道他安著什麼心——」

「奧里林！」我大吼，「既然這是你幾百年以來的願望，如今有了一絲可能，哪怕只有極低的機率，你也該嘗試！」

彷彿被我的話所震懾，奧里林放開我的肩膀，原地轉身，「是，是的，我該去找。」

說完，他朝樓上奔去，我趕緊追上，氣喘吁吁地跑到西邊的房間，卻見他站在房間中央僵住不動。

「怎麼了？」我一手抵住門板，直喘著氣。

「我不知道……」

我走到他面前，他看起來像個孩子一樣無助。

「我不知道該從哪裡找起，自從那一天之後，我便沒有碰過裡面的任何東西，我不想毀掉我父母生活過的痕跡。」

「如果你不介意，我幫你找可以嗎？」我輕拍他的背，哄小孩似的。

他點點頭，而後又搖頭。

「奧里林，你想成爲人類嗎？」

他的眼神變得堅定，「想。」

「即使人類壽命有限，又脆弱不堪？」

「但人類能與相愛的人一同老死，那是活在這世上最美的一刻。」

我頓時很想哭，「那一點都不美，死亡很殘忍的。」

「永生更是殘忍。」

我心疼地撫摸他的臉龐，「奧里林，當你是長生時，成爲人類是你的夢想，可若你眞的能成爲人類，你的夢想又會變成什麼？」

奧里林伸手抱緊我，「與妳一起老死。」

我的眼淚掉了下來，「我不是奶奶。」
而他沒有回話。

（未完待續）

後記 對世界另一面的憧憬

其實對我而言，後記比正文還要難寫，因爲我總是會迫不及待地想提後續的劇情，卻又得忍住不說，爲此憋得很難過。

於是，我的後記內容時常都是和大家聊天，分享最近或是目前正在做些什麼。例如在寫下此篇後記的這天，我晚上準備要在臉書進行《微光的翅膀》的直播讀書會。（偷偷宣傳一下之前出的書）

好的，我們回到《無盡之境》第二集吧。

首先，當然是很高興第二集這麼快就和各位見面了，寫後記的時候還沒看到封面，不過我想尤里西斯的模樣一定很吸引人，你們是不是也推翻了之前的想法，喜歡上尤里西斯了呢？

相信大家都記得我曾經說過，在撰寫故事的時候，有時明明已經安排好了劇情，但在創作的過程中，故事卻不知不覺自行發展起來，偏離了當初的預想。聽起來很不可思議，不過我確實經常遇到這樣的情況。

像尤里西斯就完全是匹黑馬，在最初的設定裡，尤里西斯的形象並非第二集中大家所看見的這樣，可是寫著寫著，尤里西斯越來越帥氣，令我也一個不小心被他吸引了。

這大概可以稱作是寫作的七大不可思議之一吧！

我看過許多以吸血鬼爲主題的小說、電影、影集等，可是從來沒有嘗試寫過。

我試著去想，如果吸血鬼眞的存在，在現代社會裡，他們會怎麼生活呢？

故事中奧丁、小池還有尤里西斯都認爲，電腦和網路是人類最偉大的發明之一，尤里西斯也表示，他想活著看看這個世界還會如何轉變。

大學的時候，我所念的學校在中部，每兩個禮拜我便會搭客運回臺北一次。記得有一回，我在客運下交流道前醒來了，所以就看著窗外的景色。

當時正巧駛經一條河流，河岸兩邊的建築物點綴著燈光，異常美麗。那個瞬間我忽然覺得，眞想繼續看看這個城市未來將怎麼改變。

所以，長生們的心情，其實與我那時的心情連結在了一起。

而若擁有了近乎永恆的生命，看遍了人性與生死，那還有什麼會讓長生感到憧憬呢？

陽光。

活了這麼久，卻永遠看不見世界的另一面，那是多麼的哀傷？

諷刺的是，長生瞧不起人類，人類卻能夠目睹黑夜與白天的交替、創造出優美的音樂以及文章、發展出令人驚嘆的科技。

人類如此脆弱，又如此強大。

奧里林想成爲人類，尤里西斯想成爲奧里林，封允心想成爲長生。

童千蒔則不羨慕任何人，以自己的身分盡了最大的努力。

她究竟可以做到什麼地步呢？眞的能拯救奧里林嗎？

大家是否會好奇奧丁和奧里林的過去呢？

尤里西斯與奧里林最後又會如何？

就留待第三集解謎吧！

故事到了這邊，不免俗地要問問大家，你們喜歡奧里林還是尤里西斯呢？

據說編輯們分成了兩派，而我一直到第三集寫了一半，都還沒決定好結局。

歡迎你們來與我分享及討論唷。

那最後同樣來說說近期的生活吧。其實我是一個很宅的女生，除了寫小說和上班以外，平日的休閒活動就是看影集與打電玩，我時常懶洋洋地躺在沙發上看電視，或者試玩遊戲。

前陣子又有讀者問我如何規劃時間寫作，我非常心虛地表示自己完全沒有規劃。在第一集的後記中我也提到，關於如何規劃時間這個課題，還請大家踴躍告訴我心得。

其實我在學生時代反而比較懂得規劃時間念書，以前會特地製作表格，安排幾點到幾點念國文、幾點到幾點念數學等等，如今有時寫稿我也會製作這樣的表格，例如凌晨一點前至少寫一萬字，或是凌晨三點前寫完五萬字之類，結果發現一點用也沒有，哈哈哈哈。

所以，我十分佩服自律且自動自發的人，更佩服爲了考試而斷網、放棄玩樂的你們。

總之，謝謝你們購買這本書，感激你們陪我一起徜徉在我所幻想的世界之中。

也謝謝馥蔓和思涵都毫不吝嗇地與我分享讀完故事的感想，那我們下一集再見嘍！

Misa

國家圖書館出版品預行編目資料

無盡之境. 2, 追尋 / Misa著. -- 初版. -- 臺北市；城邦原創出版：家庭傳媒城邦分公司發行, 民 106.07
面；　公分

ISBN 978-986-94706-5-0（平裝）

857.7　　106009293

無盡之境 02
追尋

作　　者／Misa
企 畫 選 書／楊馥蔓
責 任 編 輯／陳思涵

行 銷 業 務／林政杰
總　編　輯／楊馥蔓
總　經　理／伍文翠
發　行　人／何飛鵬
法 律 顧 問／台英國際商務法律事務所　羅明通律師
出　　版／城邦原創股份有限公司
台北市中山區民生東路二段 141 號 6 樓
電話：(02) 2509-5506　傳眞：(02) 2500-1933
E-mail：service@popo.tw
發　　行／英屬蓋曼群島商家庭傳媒股份有限公司城邦分公司
聯絡地址：台北市中山區民生東路二段 141 號 11 樓
書虫客服服務專線：(02) 25007718．(02) 25007719
24小時傳眞服務：(02) 25001990．(02) 25001991
服務時間：週一至週五09:30-12:00．13:30-17:00
郵撥帳號：19863813　戶名：書虫股份有限公司
讀者服務信箱 email：service@readingclub.com.tw
城邦讀書花園網址：www.cite.com.tw
香港發行所／城邦（香港）出版集團有限公司
地址：香港灣仔駱克道 193 號東超商業中心 1 樓
email：hkcite@biznetvigator.com
電話：(852)25086231　傳眞：(852) 25789337
馬新發行所／城邦（馬新）出版集團 Cité(M)Sdn. Bhd.
41, Jalan Radin Anum, Bandar Baru Sri Petaling,
57000 Kuala Lumpur, Malaysia.
電話：(603) 90578822　　傳眞：(603) 90576622
email:cite@cite.com.my

封 面 插 畫／Fori
封 面 設 計／黃聖文
印　　刷／漾格科技股份有限公司
電 腦 排 版／陳瑜安
經　銷　商／高見文化行銷股份有限公司
客服專線：0800-055-365　傳眞：(02)2668-9790

■ 2017 年（民 106）7 月初版　　Printed in Taiwan

定價 / 250元

城邦讀書花園
www.cite.com.tw

ISBN　978-986-94706-5-0